江戸美人捕物帳

入舟長屋のおみわ　長屋の危機

山本巧次

庫

江戸美人捕物帳　入舟長屋のおみわ　長屋の危機

一

　その話が耳に入ったのは、もう師走が目の前で、めっきり冷え込んで来たある朝のことだった。

「丸伴屋が潰れた、ですって」

　お美羽は驚き、話を伝えてきた出入りの大工、甚平に向かって大きく目を見開いた。

「そうなんだよ。突然の話でねぇ。俺もさっき店の方に行って知ったばかりなんだ」

　師走を前に、気の毒なこったぜ、と甚平は憂い顔で言った。丸伴屋は、お美羽の父、欽兵衛が大家を務めるこの北森下町の入舟長屋のすぐ裏手で、長屋の敷地と六間堀川の間を占めている。この辺の土地は掘割があったところを三十年ほど前に埋め立てたもので、入舟長屋の名も、かつてその掘割に荷運びの舟が入っていたことから来ていた。丸伴屋は入舟長屋が建ったのと同じ頃に、山下町から移って来て店を構えたので、お美羽にとっては生まれた時から馴染んでいた店である。

「確かにこの頃、売り上げが良くないって聞いてはいたけど。これから寒くなって、炭屋にとっては稼ぎ時なのに」

お美羽の家で使う炭は、当然のようにずっと丸伴屋で買っていた。十日ほど前にも、師走に備えて一俵買ったばかりだ。

「元町にできた新しい店に客を取られちまったんだな。言っちゃなんだが、丸伴屋の旦那はちょいとお気楽なとこがあったから」

お気楽と言えば、とお美羽は自分の家を振り返った。ちょうど話を聞きつけた欽兵衛が生垣の戸口から出てくるところだった。

「丸伴屋さんが潰れたって？　この時節に大変だねえ」

欽兵衛は普段にこやかな顔を曇らせ、眉を下げた。欽兵衛は大家ながらお人好しで、店賃を溜めている店子にもすぐ丸め込まれてしまう。店賃を集めて様々な雑事

をこなし、長屋を切り盛りしているのは娘のお美羽なのだ。仕事をお美羽に任せた
格好の欽兵衛は、近所のご隠居と将棋を指したりして普段はのんびり過ごし、お気
楽さでは丸伴屋の主人と相通ずるところがあった。
「もしかして、だいぶ借金もあったのかねえ」
欽兵衛は心配そうにしながらも、いかにも他人事（ひとごと）という様子で呟いた。お美羽は
相変わらずの父親に、鋭い目を向ける。
「そりゃ、借金もあったでしょうよ。潰れたってことは、店も土地も借金のカタに
取られるに違いないわ。どんな人があそこの家主になるのか、気にならない？」
塀を一枚挟んだだけの、隣家の話なのだ。金貸しなどの手に渡ったら、次にどん
な人が住まうようになるのかわからない。真っ当な商人に転売されればいいが、や
くざ紛いの連中が入り込んだりしたら、厄介だ。
「ああ、そりゃあ気になるが、それほど心配しなくてもいいんじゃないかね」
決して小さい店ではないんだから、怪しげな人には買えないだろう、と欽兵衛は
言った。やはり難しく考える気はないようだ。お美羽は「ならいいけど」と応じて、
甚平に尋ねた。

「甚平さんは何か聞いてない？」

「うん、確かに結構な借金があるって噂は聞いたことがある。どこから借りてるかなんてことは、もちろん知らねえが」

「奉公してた人たちは、大変よねえ」

「そうだな。無事に正月を迎えられりゃいいが、そうもいくめえ」

何人かは元町の炭屋に雇われるんじゃねえか、と甚平は言った。商売敵だが、気にしている場合でもあるまい。お美羽たちを含めた丸伴屋の客も、その商売敵が引き継ぐことになるだろう。

「丸伴屋には、江戸に頼れる親戚もいねえようだから、旦那と倅は田舎に引っ込むんじゃねえかな」

甚平はそんなことを言った。丸伴屋の倅は、二十二で独り身であった。実を言うと、お美羽の縁談の相手として名前が挙がったこともあったのだ。

しかしお美羽は、美人だがびっくりするほど気が強いと評判で、店賃を払わない店子の家の障子を蹴破ったとか、言い寄って来た男を大川に投げ込んだとか、虚実綯い交ぜの噂が流れている。近頃では、「障子割りのお美羽」なんて物騒な二つ名まで囁かれる始末であった。おかげで、二十一にもなるというのに、縁談は持ち上がるそばから壊れて行くという具合になっている。丸伴屋の倅の件も、その例に漏れなかった。

「そ、そうですか。商いが続けられないんじゃ、仕方ないですねえ」

甚平が縁談のことを知っているとは思えないが、お美羽は急いで話を逸らした。

「甚平さんは、丸伴屋さんの仕事を請けてたんですか」

「うん、時々修繕を頼まれてた。ついこの前も、柱が少し傾いてるような気がするんで、暇な時に見てくれと言われてたんだが、見に行く前にこうなっちまった」

なので幸い、丸伴屋からの手間賃の未払いはないという。

「柱が傾いた？　そんな安普請じゃないだろうに」

欽兵衛が首を傾(かし)げた。確かに築三十年程度のそれなりの建物が、簡単に傾いだりするとは考え難いが。

「ええ。あそこはうちの先代が建てたもんで、そんないい加減な造りじゃねえんでね。気のせいじゃねえかと思ったんだが」

ふうん、と欽兵衛は顎を掻いた。

「建物が傾く前に、商いが傾いて倒れちまったんじゃ、洒落にならないねえ」

欽兵衛は気の利いたことを言ったつもりだったようだが、お美羽は笑えなかった。

甚平が帰ってから、お美羽と欽兵衛は通りをぐるっと回って、六間堀川に向いた丸伴屋の表に行ってみた。甚平が言った通り、店は昼間だというのに大戸を閉めており、数人の客だか野次馬だかが、大戸の真ん中の貼り紙を見ながら言葉を交わしている。近付いてみると、貼り紙には、本日をもって店を閉めるとだけ記されており、簡単なお詫びが添えられていた。それを見た欽兵衛が、呆気ないものだねえ、と嘆息した。

「そう言えば、前にここの息子の善太郎さんだっけか、縁談があったねえ。今にして思えば、あの時に話が成らなくて良かっ……」

「その話、要らないんで」

お美羽が煮立った鍋を一瞬で凍らせるような目付きで短く言うと、欽兵衛はすぐに口を閉じた。

ちょうどその時である。供を二人ばかり連れたがっしりした体つきの男が、北から六間堀川に沿って歩いて来て、丸伴屋の前に立った。それを見て、店の前に群れていた野次馬たちが、どこか気圧（けお）されたように一歩下がった。

　いったい何者だろう。お美羽はその男を仔細に窺（うかが）った。年の頃は四十五、六か。仕立てのいい羽織姿で、どこかの大店の主人といった風だ。だが、その目は風采に似合わない、狡猾（こうかつ）で冷酷そうな光を湛（たた）えていた。供の二人も、見てくれこそ手代風だが、顔つきはやくざの子分といった方が似合いそうな感じだった。

　恰幅のいい男は、大戸の貼り紙を睨みつけるように見ると、ふっと口元を緩めた。まるで、丸伴屋が潰れたことを確かめて満足したかのようだ。お美羽が訝（いぶか）しんでいると、男はそれで用は済んだとばかりに供の方へ軽く顎をしゃくり、来た道を戻って行った。供の二人は忠犬のように従った。その間、お美羽や野次馬たちは、まるで眼中にないが如くに無視された。

「何だろうね、あの人たちは」

　男たちの後ろ姿が二十間（けん）（一間＝約一・八メートル）ほども遠ざかってから、欽兵衛が眉をひそめて言った。

「もしかして、丸伴屋さんに金を貸していたのかね」

なるほど、羽振りの良い商人風なのに堅気でないような臭いがあるのは、金貸しという生業ならばぴったり嵌まる。

「そんな感じはするわね」

だが、言ったもののお美羽は、それだけではないような気がした。金貸しなら、貸した相手が潰れたのを見て、満足げな表情をするのは解せなかった。

「でも、何だか……」

お美羽は首を捻りつつ、呟いた。

「きな臭い感じがしてきた」

一瞬、欽兵衛の顔が引きつったように見えた。

師走に入り、いつもの年の瀬の慌ただしさがやって来た。十三日には長屋総出の煤払いを仕切り、その後は餅屋としめ飾りの注文を済ませ、早めのかけ取りに訪れる商人の応対をお美羽は次々にこなした。

そして一番肝心の、店賃だ。入舟長屋の店子は筋のいい人が多いので、七、八割がたはきちんと払ってくれる。たまに払いが遅れたり、三月に一度くらい滞る人もいるが、それは待ってあげる代わりに払いの期日をきちんと約束させている。だいたいはそれで済むのだが、もちろんこの長屋にだって、どうしようもない奴はいる。

お美羽はその一人、左官職人の菊造の住まいにそうっと近寄り、障子の脇で耳を澄ました。今は朝の六ツ半（午前七時頃）になろうとするところ。夜討ち朝駆けと言うが、夜通し遊ぶ金などない菊造のこと、こうして寝込みを襲うのが一番だ。

じっと窺っていると、鼾が聞こえた。よしよし、今なら油断している。お美羽は障子に手を掛けると、吹っ飛ばさんばかりの勢いで一気に開けた。同時に叫ぶ。

「こら菊造、今日は逃がさないよ！」

布団に丸まっていた菊造が、飛び上がった。

「うわわ、何だ、地震か……って、お美羽さんか。脅かさないでくれ」

「何が脅かさないでくれよ。こんな朝早くに私が何しに来たか、わかってるでしょ」

「あーその、ええと、正月の餅の振舞いかな」

無精髭を撫でながらニヤニヤしてそんなとぼけ方をする菊造に、お美羽は嚙みついた。

「店賃に決まってんだろーが！　一文も払わずに年を越せると思うんじゃないよ」

拳を畳に打ちつけると、菊造は壁際に後ずさりした。

「そ、そんな、凄まなくったってよ。ほれ、別嬪（べっぴん）が台無し……」

「そんな台詞、何べん聞いたかわかんないけど、効き目ないからね。ほら、払いなさい」

さあ、さあ、と手をつき出してにじり寄る。菊造は、いやそう言われても、とうじうじ頭を掻きながら、つい敷布団に手を当てた。お美羽はそれを見逃さなかった。

「ははあ、財布はその下ね。ほら、布団からどいて」

しまった、と菊造が舌打ちする。

「いや、財布はあるが、中身は……」

「いいからお出し！」

菊造はとうとう観念して、ぼろぼろの財布を引っ張り出した。中に手を入れ、じゃらじゃらと未練がましく掻き回す。だがお美羽に睨まれ、渋々銭を一つかみ、出した。

「こ、これだけなんだが」

お美羽はひったくるように受け取り、勘定する。

「百七十文か。もっとあるでしょ」

「勘弁してくれよ。文無しじゃ年を越せねえ」

「親方のところには、正月前に修繕を済まそうっていう、半端仕事が幾つか来てたでしょ。その一つでも貰えなかったの」

えっ、そんなことまで知ってるのか、と菊造は目を見開く。当たり前だ。お美羽姐さんを舐めるんじゃない。

「わ、わかったよ。あとこれだけ」

菊造は情けない顔で、四十文を差し出してきた。しめて二百十文。月五百文の店賃の半分にもならないが、一文も貰えないよりましだ。

「ようし。今はこれで勘弁してあげる。年明けにまた取りに来るから、ちゃんと仕事を請けて来ないと容赦しないからね」

しっかり巻き上げられた菊造は、鬼だ、と小声で漏らしてがっくり肩を落とした。

外に出ると、向かい側で障子を開けて様子を窺っていた棒手振りの万太郎が、慌てて障子を閉めようとした。お美羽はすかさず駆け寄り、足を出して障子が閉まらないようにした。

「あらあら、万太郎さん、あんたも居たのねえ。良かった」

お美羽はニタリと凄味のある笑みを浮かべ、無理やり開けた障子から顔を突っ込んだ。

「言わなくてもわかってるよねえ。はい、出して」

菊造より年下で、面の皮の厚さも菊造ほどではない万太郎は、諦めたように大きく息を吐いた。

「いや、それがどうも、このところ売れ行きが」

万太郎が売っているのは、草鞋(わらじ)や下駄などの履物だ。履物を新しくして新年を迎えようという人は少なくないから、師走はいつもより売れるはずだが、生来怠け者の万太郎は、今こそ一踏ん張りしようという気がないらしい。

「もうちょっと熱心に商売すりゃ、今月の店賃くらいは稼げるでしょうに。とにかく、あるだけ出しなさい」

掌を向けると、万太郎は誤魔化す気力もなくなったか、おとなしく財布から銭を出した。

「これっきりなんだ。何とか頼みます」

拝むようにして払ったのは、百五十文。菊造より少ないが、隠すほどの度胸も才覚もない万太郎なので、それ以上追い込むのはやめておく。

「今日のところは、まあいいわ。年明けからは、しっかり稼ぎに出るのよ」

うなだれる万太郎を尻目に障子を閉め、外に出たところで、細工物職人栄吉（えいきち）の女房、お喜代（きよ）と、大工の和助（わすけ）の若女房、お糸（いと）に出くわした。早くに朝餉（あさげ）を終えて、洗濯に出て来たのだ。冬場は日が短いので、干すのも早めの方がいい。二人とも、働き者だった。亭主も同様で、菊造や万太郎がその半分も働いてくれれば助かるのに。

「お美羽さん、おはよう。朝一番で、菊造を摑まえたみたいだね」

お喜代が笑いながら、顎で菊造の住まいを指した。

「取れたのは、雀の涙だけどね」

困ったもんだ、とお美羽が眉を下げると、「ちょっとでも取っちまうだけ、立派だよ」とお喜代がまた笑った。

「万太郎さんも、摑まえたんですか」

お糸が聞くのに、「何とか」と苦笑いする。

「あんまり苛めないであげて下さいね」

お糸がくすくす笑って、言った。

「別に苛めちゃいないってば。甘い顔すると、すぐ逃げちゃうんだもの」

笑い返して言ったものの、こういう性分が縁談の邪魔をしていることは、自分でも重々承知している。欽兵衛が甘い分、自分がしっかりしないと、と気負ってきたのだが、近頃は、もしかするとやり過ぎなのかも、という思いがよぎることもあった。

「あァ、そう言えばさ」

お喜代がふいに思い出したように言った。

「裏の丸伴屋さんの後だけど、まだ空家なのかい」

あ、とお美羽は裏手の塀の方に目を向けた。その向こうに、丸伴屋だった家の屋根が見えているが、そう言えば誰かが入居したとか、買い取ったとかいう話は聞いていない。師走の忙しさで忘れていたが、もうひと月近く経っている。

「そうみたい。でも、場所も悪くないし大きさも手ごろだと思うから、近いうち買い手がつくんじゃないかしら」

「そうだねえ。まあ、まだひと月だもんねえ」

お喜代は頷いてから、少し心配そうに言った。

「でも冬場だから、ああいう大きな家がすぐ裏で空いたまま、ってのは、火の用心が気になるねえ」

空家には火の気がないはずだが、勝手に入り込んだ宿無しが暖を取ろうとして火を付けてしまう、という例は確かにあった。入舟長屋で起きたボヤ騒動は、そんなに前の話ではないから、お喜代が憂えるのもわかる。

「その辺は、町役さんも夜回りの人も心得てくれてるから、大丈夫だと思うけどならいいけど、とお喜代は言った。確かに入舟長屋としても、気を付けるに越したことはない。お父っつぁんにも、ちゃんと言っておかなくちゃ。

「ところであのお店、今は誰のものになってるんですか」

お糸が尋ねた。そう言えば、お美羽もそれは知らないままだ。

「丸伴屋さんにお金を貸してた人が持ってるはずだろうけど、誰かなあ」

「よからぬ高利貸しじゃないか、なんて噂もあるみたいだよ。だから表に出て来ないんじゃないかって」

お喜代がまた、それも心配という言い方をした。ふうん、とお美羽も考える。借金のカタに店と土地を得たなら、すぐ売って金にしたいはずだが。条件のいい買い手を待つつもりだろうか。しかし、名前が出てこないというのも何だか妙だ。お美羽の頭に、丸伴屋が潰れた日、店の前に現れた強面の男の顔が浮かんだ。あいつは、あれっきり姿を見ない。あれは果たして、金貸しではなかったんだろうか。あの時感じたきな臭さが、ふと甦った気がした。

二

年賀の挨拶回りも初詣も滞りなく済ませ、無事に松の内が過ぎ去ると、入舟長屋も江戸の町も、普段の様子に戻った。年が明けたらしっかり働けと、お美羽にさんざん言われた菊造も万太郎も、相変わらずのほほんと暮らしている。丸伴屋だった裏の空家も、変わりはないようで人の気配はしない。もしかして、入舟長屋の家主である小間物問屋の寿々屋が買い取るのでは、と思ってそれとなく聞いてみたが、そんな話もないようだった。お美羽たちの関心も、次第に薄れていった。

睦月も下旬になったある日、朝早くのことである。起き出して雨戸を開け、冷たいが澄み切った朝の光に目を瞬いていたお美羽は、ふと足元がゆらめくのを感じた。あら、まだ半分寝ぼけているのかしら、と思ったが、そうではない。本当に足元が揺れている。お美羽は振り向くと、まだ布団の中にいる欽兵衛に大声で怒鳴った。

「お父っつぁん、起きて！　地震よ」

揺れは次第に大きくなり、柱や梁が軋み始めた。さすがに欽兵衛も跳ね起きた。

「えっ、こりゃあちょっと大きいぞ。お美羽、気を付けなさい」

そう言う欽兵衛の足元の方が、お美羽より余程覚束ない。台所で棚から何か落ちる音がして、欽兵衛は竦み上がった。

「大丈夫、大丈夫だから、お父っつぁんこそ落ち着いて」

揺れがもうこれ以上は大きくならない、と見切ったお美羽は、枕を抱えて棒立ちになっている欽兵衛に言った。その言葉で、欽兵衛も気を取り直したようだ。枕を投げ出して、咳払いした。

「うん、収まったようだね。やれやれ、地震はどうも苦手だ」

この十年で一番大きかったんじゃないかね、などと照れ隠しのように欽兵衛は言った。確かに割合大きな揺れだった。だが、建物が倒れるほどのものではないだろう。裏の空家では、瓦が何枚か落ちたようだ。

台所へ行ってみると、立てかけてあった盥と柄杓が倒れ、皿が一枚、棚から落ちて割れていた。まあこの程度で済めば、良しとしよう。お美羽は座敷に戻って手早く身支度すると、長屋の様子を見に外へ出た。

長屋の住人たちは、井戸端に集まって今の揺れについて盛んに言い交わしていた。話の具合からすると、大した被害はないようだ。

「やあお美羽さん、朝早くから騒動だったな」

長屋の浪人、山際辰之助がお美羽に気付いて声をかけた。

「まったくこんな朝っぱらから、迷惑な鯰様だぜ」

細工物職人の栄吉がぼやいた。昨夜は遅くまで仕事していたので、ぐっすり眠っていたところを揺り起こされた格好らしい。

「しかし、朝早過ぎたくらいで却って幸いだ。朝餉の支度にかかっている時分なら、どこかで火が出ていたかもしれんからな」

山際が言うと、お喜代がその通りだと大きく頷いた。

「煮炊きの火の上に障子でも倒れたら、それこそ大変ですからねえ。うちじゃあ、壊れたものも特にないみたいで、助かりましたよ」

地震で家の下敷きになるのも怖いが、倒れた家が燃えだすのはもっと怖い。普通の火事と違ってあちこちから一斉に火が出るので、逃げ場がなくなってしまうのだ。

「みんな、怪我はありませんよね」

お美羽が確かめると、大丈夫だという声が返って来た。ただ、山際の娘の香奈江（かなえ）は、母親の千江（ちえ）にしがみついて泣き顔になっており、それを千江が「もう心配ないからね」と優しく宥（なだ）めていた。五歳の香奈江にとっては、地震らしい地震は初めてだったのだろう。お美羽はしゃがんで香奈江の顔を覗き込み、安心させるように笑いかけた。

「香奈江ちゃん、うちの長屋はあのくらいで壊れたりしないから、怖がらなくていいよ」

香奈江はそうっとお美羽の顔を窺い、「ほんと?」と問うた。ええもちろん、と笑ってやると、ようやく母親の腰に回した手を緩めた。

「そうよ。お美羽さんの言う通りよ。ほら、地震なんか怖くない」

千江が香奈江の手を取って言ってやると、ようやく香奈江は笑顔を見せた。千江はお美羽の方を向き、ありがとうございます、と微笑んだ。山際も、「お美羽さんの言葉は、やっぱり効き目があるな」と笑った。

その山際の爽やかな笑顔と、千江の優しい目を見ていると、お美羽の胸が微かにちくりとした。実はお美羽は、山際が妻子を国元に残して入舟長屋に越して来た時、てっきり独り身だと思って惚れてしまったのだ。後に暮らしが落ち着いた山際が千江と香奈江を呼び寄せ、お美羽は呆然とする羽目になった。さすがに日にちが経つと吹っ切れたが、今でも時折り、二人の仲睦まじい姿を見ると落ち着かなくなることがある。無論、山際や千江は、お美羽のそんな気持ちに全く気付いてはいない。

「あ、ええ、どうしたんだ。こんな早くにみんな集まって」

お美羽の小さな痛みを吹っ飛ばすような声が、後ろから聞こえた。菊造だ。皆が一斉に振り向いた。

「な、何だい」

皆の冷たい視線に、菊造はたじろいだ。

「あんた、あれだけ揺れたのに気が付かなかったのかい。昨夜、よっぽど飲んだね」

　呆れた顔のお喜代に言われ、菊造は当惑したように首を振った。

「え？　いや、二日酔いで目が回ってるとばっかり思ってたんだが、あの揺れはひょっとして地震？」

「馬鹿か、お前は」

　栄吉が菊造の頭をはたいた。

「まったく、本当にでっかい地震が来たら、お前、屋根の下敷きになっても気が付かねえんじゃねえか。そのままおっ死(ち)んだら、こんなお気楽な死に方はねえや」

「酷(ひで)ぇことを言うなあ。それほどの地震なら、いくら飲んでたって飛び起きらァ」

「少なくとも、俺ァ地震だってわかったぜ」

　さらに後ろから、これも今起きてきたらしい万太郎が言った。菊造が言い返す。

「嘘つけ。だったら、さっさと起きて逃げりゃいいだろ」

「いや、揺れてるのはわかったけど、長屋が潰れるほどでもねえかと思って、また寝た」

何て呑気な野郎だ、と菊造が噴いた。

「あんたが言えた義理かい。そういうのを、五十歩百歩、ってんだよ」

お喜代が突っ込み、皆が笑った。お美羽も笑ってから、改めて長屋を見渡した。

確かに見たところ、壊れたところはないようだ。物置場の差し掛けも惣後架も、井戸の覆いも無事だ。長屋の板葺き屋根にも、変わった様子は見えない。お美羽の家は瓦葺きだが、落ちた瓦はないようだった。

「どうやら建物は大丈夫らしいな」

お美羽の様子を見ていたらしい山際が声をかけた。ええ、とお美羽は安堵して頷く。

「念のため、甚平さんに見てもらいますけど、まあ心配ないでしょう」

「ここを建てた甚平の先代の棟梁も、なかなかの腕だったようだな」

山際は得心するように言った。

ところが、そうはいかなかった。

甚平が来てくれたのは五日後で、あちこちから地震で壊れたところの修繕を頼まれていたそうだ。いずれも簡単な仕事だったが、特に何か壊れたわけでもない入舟長屋は、後回しにされたようだ。

「確かに見たところ、どうもねえようだが」

甚平は長屋を一瞥し、端から順に目で確かめていった。するとそこへ、和助がやって来た。仕事に出ていたはずだが、甚平が来ると聞いて戻ったようだ。同じ大工として、何か気になるのだろうか。

お美羽が見ていると、和助は甚平に挨拶してから、奥の方へ引っ張って行った。自分の家の向かいで、今は空いているところだ。甚平と和助は、二人で中に入った。お美羽は訝しみ、様子を見に行った。

戸口に近付くと、障子が開けっ放しだったので二人の話が聞こえた。

「ほら、ここなんですよ。初めからこうだったとは、どうも思えねえんだが」

和助の声だ。それに応える「おう、確かにな。こいつは、ここだけじゃねえかもな」という甚平の声も聞こえた。何だろう。お美羽は戸口から首を突っ込んだ。

「甚平さん、和助さん、どうかしたんですか」

「おう、お美羽さん。ちょいと具合の悪いことが見つかってな」

柱に曲尺を当てていた甚平が、振り返って言った。具合の悪いこと？　お美羽は眉をひそめる。

「どこか壊れてるとか？」

「まあ、ここを見てくれ」

甚平は曲尺を、柱と梁の継ぎ目に当てた。曲尺はぴったり嵌まらず、小さくない隙間ができた。

「あ……柱が傾いでるんですか」

そうだ、と甚平が頷き、和助がその先を話した。

「地震の後、向かいを見たらほんの僅か、何かおかしい気がして。ここに入って曲尺を当ててみると、隙間がある。初めからこうなら四の五の言うこともないんですが、この長屋の建て方は、駆けだしに毛が生えた程度の俺の眼から見ても、丁寧な仕事だ。初めから歪んでるなんて、ありそうもねえ。それで、甚平さんが来るってんで、確かめてもらってたんでさ」

駆け出しに毛が生えた、などと謙遜しているが、和助は若くても一人前と親方に認められており、甚平もそれを承知している。和助は後から来た住人だから、先代からずっとこの長屋の面倒を見ている甚平の顔を立てた、というところだろう。

「じゃあ甚平さん、この傾きはやっぱり地震のせいなの」

それに違いねえ、と甚平は認めた。

「他の柱も全部調べるが、傾いてるのはここだけじゃねえはずだ」

甚平は気がかりなことを言って、和助を促すと他の柱を調べに出た。やれやれ、とお美羽は溜息をついた。無事に済んだと思ったのに、長屋全部が傾いてたりしたら、どうしたものか。何もしなくても大丈夫な程度ならいいんだけど。

甚平と和助が一刻（いっとき）（約二時間）余りもかけて調べた結果は、あまり思わしいものではなかった。

「長屋全体が、傾いてしまってるのかね」

話を聞いた欽兵衛は、困惑顔になった。

「全体が傾いてるって言い方は、正しくねえかもしれねえんですが」

甚平が難しい顔で言う。

「真ん中辺りと端っこで、傾きが違うんですよ。長屋の真ん中辺りが、沈み込むような格好になってるんで」

「つまり、こんな風なんですか」

お美羽は手を波形に動かして、聞いた。

「極端に言うと、そんな感じだな」

甚平が認めた。欽兵衛は驚いたようだ。

「そんなに？　いったいどうして。地震だけでそんな風になるのかね」

暗に建て方の具合が悪かったのでは、と言っているのだ。察した甚平は、不快そうな顔をした。

「建て方そのものはしっかりしてまさぁ。先代はそんな半端仕事はやらねえ。そうじゃなくて、土地の具合ですよ」

「土地の具合？」

「ここは三十年ほど前、堀だったところを埋めたんでしょう」

その通りだが、と欽兵衛は首を傾げた。お美羽には、甚平の言いたいことがわかった。

「新しく埋めたところだから、周りの土地より軟らかいんですね」

そういうことでさあ、と甚平は頷く。

「もともと弱い地盤が、地震のせいで掻き回されちまったわけで」

甚平が言うには、土地が弱いとわかっている場合は、それに見合った建て方をするのだが、当然金がかかる。大きな商家とかならともかく、九尺二間の長屋を建てるのに、そんな手間はかけない。それでも先代は、できるだけのことをしたようで、そのおかげでこれまで長屋はしっかりと保たれていた。だが、地震には耐えきれなかったようだ。

「前に丸伴屋さんの柱が傾いたって話、してたでしょう。あれはやっぱり、土地のせい？」

そうだろう、と甚平は言って、今は空家の丸伴屋を塀越しに見やった。

「今となっちゃ調べに入れねえが、まあ、地震でもっと傾いたって感じでもなさそうだ。倒れるほどでもなし、放っとくしかねえな」

欽兵衛は、どうしたものかと腕組みした。

「長屋もこのまま放っておくわけには、いかないかね」

「そりゃあ、今日明日にどうなるってわけじゃねえが、歪みはだんだんひどくなりやすからねえ。雨漏りもするし、無理な力がかかって柱も弱っちまう。ここは建ってから三十年過ぎてるでしょう」

ああ、と欽兵衛は不安げに応じた。

「筋交いを入れてもたせることはできるが、三十年経った長屋にそんな金をかけるより、思い切って建替えることをお勧めしやすね」

家主の寿々屋さんに相談なすっちゃ如何で、と甚平は言った。欽兵衛は、うーむと唸って考え込んでしまった。

一晩考えた末、欽兵衛はお美羽と共に寿々屋に出向いた。丸ごと建替えてくれとは、随分金のかかることでなかなか言い難いが、何も告げないわけにもいかない。

相生町の寿々屋は江戸でも指折りの小間物問屋で、始終多くの人が出入りしている。この日もいつも通り、仕入れの行商人や店先売りの櫛や簪を品定めする女客で、ほどほどに賑わっていた。

だが、暖簾を分けて店に入り、帳場にいた番頭の宇兵衛と目が合うと、何かが常と違っていた。宇兵衛はお美羽たちに気付くと目礼をしたが、妙に硬い感じがしたのだ。お美羽たちを奥に通した手代の壮助も、浮かべた愛想笑いに僅かだが強張りがあった。どうもあまり良くないことがあったようだな、とお美羽は直感した。

「ああ、欽兵衛さんにお美羽さん、いつもご苦労様です」

座敷で二人を迎えた主人の宇吉郎は、普段通りにこやかに挨拶した。先代から継いだ店を大奥御用達の豪商にまでしたのはこの宇吉郎の手腕で、齢五十六になり、髪もすっかり白くなっているが、まだまだ衰えは見せていない。

「新年から相変わらずのご盛況で、お喜び申し上げます」

欽兵衛が丁重に頭を下げる。

「入舟長屋のご様子は如何ですかな」

「はい、おかげさまで皆変わらず息災に」

欽兵衛は型通りに言ってから、もじもじした。長屋の建物のことをどう言ったものかと迷っている様子だ。台詞は考えて来たはずなのに、いざとなるとだらしないんだから、とお美羽は嘆息する。だが、自分が代わって言うのはやめた。出しゃばると欽兵衛の立場がないし、今日の寿々屋に立ちこめている気配も気になった。何かあるのなら、建替えの話など出さない方がいいかもしれない。

「あの……旦那様、何かお店にご心配がおありなのでしょうか」

思い切って尋ねた。気配に気付きもしていなかったらしい欽兵衛が、仰天する。

「これお美羽、何を言い出すんだ」

しかし宇吉郎の方は、ちょっと眉を上げたものの、「さすがですな」と頷いた。

それを見た欽兵衛は、却ってうろたえた。

「あ、あの、本当に何事かありましたので」

はい、少しばかり、と返事をしつつ、宇吉郎の顔は欽兵衛ではなく、お美羽の方を向いている。

「この本店ではありませんが、南紺屋町の方で、少々」

「え、宇多之助さんのお店で、ですか」

宇多之助は宇吉郎の倅で、いずれ寿々屋の跡目を継ぐことになるが、今は南紺屋町に出した支店を任され、女房子供と一緒にそちらに住んでいる。本店の半分ほどの大きさだが、小間物だけでなく白粉や化粧水なども扱い、なかなかに繁盛していた。その店で、厄介事が起きたのだろうか。

「旦那様がご心配なさるほどの、大きなことなのですか」

遠慮なく言うお美羽に、欽兵衛は、はらはらした様子で身じろぎしている。だが宇吉郎は、これまでいろいろな一件を解き明かしてきたお美羽の才を買っているからだろう、隠すことなく打ち明けた。

「あちらで出しました『艶の雫』はご存じですね」

「はい、もちろん。実は私も、使っております」

寿々屋南紺屋町店が売り出した「艶の雫」は、白粉を付ける前に塗り、肌艶を出して香りを加え、美しさを際立たせるという化粧水である。これまでも芝神明前、花露屋の「花の露」や式亭三馬の「江戸の水」などが売れていたが、艶の雫はそこに食い込もうと宇多之助が工夫したもので、去年売り出してから、売れ行きはぐんぐん伸びていると聞く。

「実はそれに、いささか難儀が起きまして」

宇吉郎の顔から人好きのする笑みが消え、憂い顔になった。

「難儀、と申しますと」

「はい、艶の雫を使ったお客様から、肌が赤くなって痒みが出たり、発疹があったりということが出て参りまして」

え、とお美羽は眉をひそめる。

「大勢の方が、そんな風になったのですか」

自分も使っているので、思わず頰に手をやってしまう。宇吉郎は「いいえ」とかぶりを振った。

「店の方に苦情を申し立てられたのは、十何人かです。お使いの方は千人を超えていますでしょうから、まだごく一部と言えば一部なのですが、徐々に増えているという話もありまして、噂が出始めているのです」

お美羽は内心で唸った。人の肌というのは様々なので、化粧水が肌に合わなかった、という例は珍しくないが、変に噂が広がると、化粧水そのものに悪いものが入っている、と言われかねない。寿々屋の人たちは、そこを懸念しているのだろう。

「たまたまその人たちだけ、合わなかったのではありませんか」

欽兵衛も同じことを考えたらしく、問うた。宇吉郎は「だといいのですが」と肩を落とす。

「これまでにも、そういうことはありました。しかし今度は、人数が増えつつあるというのが気になります。肌の荒れ方も、ただ合わなかったにしては酷いようで」

「艶の雫には、どのようなものが使われているのでしょう」

「それは」

宇吉郎は困ったような笑みを浮かべた。

「私もよく知らないのです。宇多之助が職人と一緒に工夫したもので、中身の取り合わせは秘しておりまして」

香りからすると、白檀(びゃくだん)なども使われているようですが、それで肌荒れを起こすとは思えませんしなあ、と宇吉郎は惑い気味に言った。

「肌荒れの苦情が出てから、宇多之助さんにお聞きにはならなかったのですか」

お美羽が聞くと、「もちろん、尋ねました」と宇吉郎は言った。

「ですが、自身で何とかするから親父殿は心配するな、と言うばかりで」

ああ、とお美羽は事情を察した。宇多之助には商いの才は充分にあり、寿々屋を継いでも遺漏なくやっていけるはずだ。宇吉郎もそれを認めているのだが、宇吉郎の商才は飛び抜けていて、継いだ身代を十倍近くにまでした。宇多之助としては、自分にも父親に負けないくらいの力があるのだ、と周りに示したいのだろう。

そうだ、と急に宇吉郎が膝を打った。

「今日来られたのも何かの縁です。ここは一つ、お美羽さんにお願いをできませんかな」

え、とお美羽は宇吉郎を見返す。

「艶の雫のことを、ですか」

「はい。こと化粧水となると、私はどうにも不調法で。女の方のお使いになる品ですから、お美羽さんでしたら手前どもでは気付かぬことも、見出されるのではないかと」

「このお美羽に、宇多之助さんのお店のことを調べるように、と言われますので」

欽兵衛が驚きを見せて言った。

「無理なお願いかもしれませんが、そうしていただけると助かります」

欽兵衛はすっかり困惑した様子だ。だがお美羽は、前にも寿々屋が巻き込まれかけた厄介事をうまく片付けている。欽兵衛もそれを知っているし、こうして家主様から辞を低くして頼まれれば、断れはしまい。一方お美羽は、もちろんやる気満々だ。

「承知いたしました。何ができるかわかりませんが、私でお役に立つならば」

欽兵衛に先んじて、お美羽が言った。宇吉郎の顔が綻ぶ。欽兵衛も、諦め顔だ。

「有難い。よろしくお願いいたします」

宇吉郎はお美羽に丁寧に頭を下げると、前と同様、「決して無理はなさらずに」と言い添えた。心得ております、とお美羽は応じた。

長屋の建物の話は、とうとう言いそびれてしまった。

三

南紺屋町の寿々屋は、京橋を渡って日本橋通りから京橋川沿いに、御城の側へ少し入ったところにあった。間口は八間ほどで、暖簾も看板も、相生町の本店と全く同じである。

暖簾を分けて中に入ると、いらっしゃいませという小僧の元気のいい声に迎えられた。店先に並べられているのは、小間物と化粧品が半々くらいだ。本店の方が小間物の品揃えは豊富だが、あちらでは化粧品は白粉くらいしか置かないので、そこが大きな違いである。

化粧品に目をやって、おや、と思った。艶の雫が見当たらない。肌荒れの苦情が出たことで、店先から引き上げたのだろうか。だとすると、思ったより事が大きくなってきたのかもしれない。

お美羽は手代に宇吉郎の使いで来たと名乗り、取り次いでもらった。店先で待っていると、宇多之助自身がすぐに奥から出て来た。

「おや、入舟長屋のお美羽さん。ご無沙汰しております」

先日三十になったばかりの宇多之助はなかなかの男ぶりで、利休茶の羽織姿も垢抜けている。自分でも格好には気を遣っているのだろう、小間物や化粧品の商いをするにふさわしい容姿だ。

「こちらこそご無沙汰しております。今日は本店の旦那様から聞きました一件で」

後半は、少し声を低めた。宇多之助はすぐに察したようだ。「では奥へどうぞ」と自らお美羽を案内した。

「艶の雫のことですな」

座敷で対座すると、宇多之助は前置きなしに言った。はい、とお美羽は頷く。

「お使いになった方に、肌荒れのようなものが出ていると」

「ふむ……確かにそのような話があります」

宇多之助はその先を躊躇った。店では今のところ、秘しているのだろう。しかし宇多之助は、お美羽が宇吉郎に気に入られ、様々な難事を片付けてきたことを知っている。今日は宇吉郎に頼まれたとはっきり示したのだ。無下にはできないと思ったか、宇多之助は腹を括ったように話し始めた。

「ご存じかと思いますが、艶の雫を売り出したのは去年の春です。使っていただくと肌に潤いが生まれ、艶も出ます。良い香りも加えてありますので、おかげさまで評判を取り、思った以上の売り上げが出ていたのですが」

近頃は看板商品になっていたようだ。使ってみたお美羽の感触でも、ほぼ効能書き通りだった。なのに、どうして？

「初めは、肌荒れなどの苦情はなかったのですね」

「はい。そんなことが出だしたのは、師走くらいからです」

年の瀬を迎える頃に最初の苦情が来て、それからひと月の間に二十件になったという。店に文句を言ってこない客もいるだろうから、実際に肌荒れを起こしているのは数十人になるだろうと宇多之助は見ていた。

「赤くなって痒みや発疹があると聞きましたが」

「その通りです」

「何でそのような、というのは無論、お調べになっているとは思いますが」

「はい。そんな害が出ることはないと、艶の雫を作った時に充分確かめていたのですが」

材料には、害になる心当たりはなく、直に肌に付けても大丈夫なものばかりだという。

「寧ろ、直に使えば薬効のあるようなものです」

「草木の類いですか」

はい、と言いつつも宇多之助は言葉を濁した。配合は秘中の秘、ということか。

「ただその、他にないものとしては、蘆薈というものをすり潰して入れております」

「ロカイ、ですか」

聞いたことのない代物だ。それが原因ということはないのだろうか。

「馴染みのないもので、疑わしいと思われるのはわかりますが、唐(もろこし)ではアロエと申しまして、薬としても使われるものです」

「唐物ですか。随分とお高いのでは」

「いえ、探せば伊豆(いず)や安房(あわ)にもあるのです。自生しているのを見つけまして、土地ごと買い取りました」

その地では雑草と思っているから、ごく安く済みました、と宇多之助は言った。

「では、そういう本草(ほんぞう)に詳しい方が、お店に？」

「はい。長崎帰りで本草学にも詳しい者を、職人として雇い入れました」

呼んで参りましょう、と宇多之助は席を立ち、間もなく三十四、五と見える細身の男を連れて戻った。

「総七郎(そうしちろう)と申します。お見知り置きを」

そう名乗った男は、職人と言うより学者風に見えた。指が黒っぽくなっているのは、草木をすり潰したものを扱ってきたからだろう。当人が言うには、さる唐物商の世話で師匠について長崎に学びに行ったが、江戸に帰る頃に師匠が亡くなってしまい、食べるために蘭方医の手伝いをしていたところ、唐物商から話を聞いた宇多之助に雇われたとのことだ。

「本草に詳しいのを買われ、新しい化粧水を作る手助けをと頼まれまして」

そこまで見込んでいただけるのなら、得意なことでお役に立とうと思った次第です、と総七郎は語った。表情からすると、宇多之助には一方ならぬ恩義を感じながら、今度のことにはかなり当惑しているらしい。

「では、総七郎さんが蘆薈を？」

「はい。私が見つけてきました。これの薬効が肌にも大変良いことは承知していましたので、早速化粧水に入れました。蘆薈も使いようで、濃過ぎると人によっては肌が荒れることもありますが、今度のこととは違います」

総七郎は、相当な自信を持っているらしくきっぱりと言った。

「あの……本草にお詳しいのなら、今度の肌荒れが何によるものか、見当がお付きにはなりませんか」

総七郎はちらりと宇多之助を見た。言ってもいいか、と尋ねたようだ。宇多之助が小さく頷いたので、総七郎はお美羽に向き直って話を続けた。

「実は、肌荒れの具合を拝見しましたところ、漆によるかぶれとよく似ておりまして」

「漆、ですか」

確かに漆に触れると、肌が赤くなって激しい痒みが出る。だが、どうして。

「まさか漆を化粧水に入れたりはしませんよね」

無論です、と宇多之助がむっとしたように言った。

「漆やそれに近いものを化粧水に入れるなど、とんでもない。だいたい、うちに漆などございません」

誤っての混入もあり得ない、というわけだ。扱う商品に漆塗りの小間物はあるが、塗り物でかぶれるなど、考えられない。

「それでは……」

お美羽は眉をひそめた。宇多之助は、暗い顔になった。

「そうです。誰かが艶の雫の入った樽に、漆の汁を入れたのかもしれません」

やはり、そうか、宇吉郎は、それを心配していたに違いない。

「だとすると、商売敵の仕業でしょうか。お心当たりは」

「こう言ってはなんですが、同業で艶の雫の売れ行きを妬む者はいるでしょう。しかし、害になるものを入れてお客様を傷付けるとは、さすがに」

宇多之助は、やや慎重に言った。だが総七郎は、それもあり得ると考えているようだ。

「いずれにしましても、女の方々の肌を守るための化粧水に毒素の如きものを入れるなど、断じて許せません」

総七郎は目に怒りを浮かべて言った。その通りだ。もし本当にそんなことをした奴がいるなら、そいつは全ての女の敵だ。

「艶の雫は、売るのを止めているのですか」

「はい、当面は品切れということにして、控えております」

ですが、早く理由を解明しないと大変です、と宇多之助は言う。

「売ってしまったものは取り戻せませんから、肌荒れを起こす人はもっと増えるかもしれません。話が広がると、お役人が出張ってくるかも。そうなると、寿々屋にとっては一大事です」

宇多之助が恐れる通り、役人が調べに入ったら寿々屋の信用は地に墜ちる。そうなれば、今の樽の中身を捨てて新しいものを作っても、売れはしないだろう。それを狙って細工をしたなら、悪質極まりない。

「総七郎さん、艶の雫の樽の中身をすくって、漆が入っているかどうか調べられないんですか」

総七郎は口惜しそうな顔になった。

「一旦混ざってしまうと、なかなか。実際に肌に付けてみないとわかりません。それでも、漆であると断じることができるかは、何とも言えません」

総七郎は腕を差し出した。

「実際に自分でも付けてみたのです。しかし、ご覧の通り赤くはなっていません。漆も薄めてあれば、誰もが必ず肌かぶれを起こす、とは限らないのでしょう」

「それは……却って厄介ですね」

これでは証しを出すのは難しいかもしれない。宇多之助はかなり厄介な立場にあるようだ。

「お美羽さん、父はあなたを見込んでここへ寄越したのでしょう。今は、打つ手がほとんどない有様です。もし何かお助けいただけるなら、大変有難く存じます」

宇多之助は、腹を括ったように言って畳に手をついた。慌てて総七郎も倣う。

「どうかよろしくお願いいたします」

わあ、どうしよう。自分は役人でも岡っ引きでもないのに。でもこうまでされては、もう仕方がない。

「わかりました。私にできることは、させていただきます」

こんなこと言っちゃっていいのかな、とお美羽は怖くなる。でも、心の奥底では昂揚が始まっているのが、自分でもわかった。

まず、店の裏手にある建物を見せてもらった。化粧水を作るために建て増したものので、母屋とは切り離されているが間は狭く、軒が重なっているので雨でも濡れずに行き来できる。

入ってみると、人の背丈の半分くらいの大樽が三つほど置かれていた。一つは空で、二つは蓋がしてある。

「ちょっと酒蔵に似てますでしょう。だいぶ小さいですが」

宇多之助がそんな風に言ったが、お美羽は酒蔵に入ったことがないので、何とも言えない。

「こちらが艶の雫です」

総七郎が手前の樽の蓋を取った。覗き込むと、澄んだ化粧水が樽の半分くらいまで入っている。酒ほどにはー気にたくさん造れませんので、と総七郎は言った。これを升と漏斗で徳利のような陶製の瓶に移し、栓をして売るという。傍らの棚にはその瓶が並び、花模様の紙に「艶の雫」と流麗な文字で書いて貼ってある。

「ここで材料を混ぜたりするんですか」

聞いてみると、総七郎は奥の扉を指し、「あの向こうで調合しております」と言った。

「この小屋には、鍵を？」

そこを見せる気はないらしい。

「夜は戸締りをしております」

宇多之助はそう答えたが、昼間も人がいない時があり、こっそり忍び込もうと思えばできるだろう、とも言った。樽に何か入れるなら、夜に忍び込んで盗人と間違われるより、昼間にやる方が良さそうだ。

宇多之助は、小屋の戸口から大きな声で職人を呼んだ。現れたのは、お美羽より四つ五つ年上と見える男と女だった。

「ここで働いています、久平とお条です」

夫婦者で、ここで働くうちに夫婦になったそうだ。仕事は、樽をかき混ぜて澱を除けたり、瓶に化粧水を詰めたりだそうだ。

「二人とも奉公して十年になりまして、充分に信の置ける者です」

お美羽が聞く前に宇多之助が言った。この二人が化粧水に細工することはあり得ない、と示したのだ。

「お二人が、樽の番をしているんですか」

お美羽は久平に聞いた。「へい」と久平は頷く。

「ですが、四六時中というわけにもいかず、夜は戸締りをした後はそのままでして」

もし樽に何かあったのなら、誠に申し訳ねえことで、と、実直そうな夫婦は恐縮して言った。

「蓋がずれていたとか、変わったことに気付いたりしませんでしたか」

「いいえ、そういうことがあったら、すぐに申し上げておりますんで」

久平が答えた。確かに、もし誰かが細工したとして、それとわかる跡を残して行くほど間抜けでもあるまい。戸にぶら下がっている錠前も見てみたが、異変は見えない。傷でもあれば、宇多之助がとっくに気付いているだろう。

　四半刻（約三十分）ほども小屋を見てみたが、お美羽の目に留まったものは、何もなかった。ちょっとがっかりして、座敷に戻る。

「どうでしょう。何か思い付かれましたか」

　宇多之助に聞かれた。手練れの岡っ引きなら何か見えたかもしれないが、所詮自分は素人だ。済みませんと正直に詫びて、切り口を変えた。

「今一度お伺いしますが、ご同業にお心当たりがないとすると、それ以外に細工をしてきそうな相手はございませんか」

「さてそれは……」

　宇多之助は腕組みして俯いた。

「正直、見当が付きません。もしあるとすれば」

　宇多之助の顔が歪む。

「知らぬところで、この私自身が誰かの恨みを買った、ということぐらいでしょうか」

だが、そんな人物はいくら考えても思い付かない、とも宇多之助は言った。宇多之助の身持ちが堅いことは、お美羽も知っている。そっちの方の揉め事、ということもあるまい。

やれやれ、つい引き受けちゃったものの、今のところ八方塞がりか、とお美羽は溜息をついた。

家に帰って欽兵衛に話すと、やっぱり、と眉を下げた。

「何もわからなかったのかい。寿々屋の旦那様はあんな風に言ったが、嫁入り前の素人の娘がやることじゃないよ」

旦那様には謝っておくから、おとなしくしていなさい、と欽兵衛は言った。お美羽がいろいろな厄介事に首を突っ込むのが、欽兵衛の悩みの種だということはわかっている。そのせいで縁談が遠のくばかりだ、と嘆かせてもいた。

しかし、目の前に現れた厄介事に白黒つけずにおれないのは、お美羽の性分だ。気性の真っ直ぐな職人だった母方の祖父の血のせいだろう。おかげで欽兵衛にはさんざん心配をかけており、それは悪いと本当に思っている。だが、多くの人の役に立ったのは間違いないし、今は八丁堀（はっちょうぼり）にさえ一目置かれているのだ。

やっぱり、やめられないや。お美羽は胸の内で欽兵衛に手を合わせた。

「喜十郎（きじゅうろう）親分に話してみちゃ、どうだね。何と言っても、餅は餅屋だ」

欽兵衛が思い付いたように言った。南六間堀の喜十郎はこの界隈を仕切る岡っ引きで、お美羽たちの昔からの馴染みである。南紺屋町は縄張りからは離れているが、寿々屋にも随分世話になっている喜十郎のことだ。持ちかければ、出張るだろう。でも、喜十郎が行ったからといって解決できるとも限らない。何しろ、喜十郎自身がいろいろかこつけて、お美羽に捕物の手伝いをさせている始末なのだ。

「親分に頼むなら、旦那様も初めからそうしてるわよ。私に声をかけたっていうのも、十手持ちに表立って動いてほしくないからでしょう」

寿々屋としては、悪い噂が広まるのをまず第一に避けたいはずだ。そう言ってやると、欽兵衛も「なるほど」と得心した。

「でも、だからってお前が、ねえ」

「はいはい、それ以上言わないで。いざとなったら、山際さんにも八丁堀の青木（あおき）様にも助けてもらうから」

お美羽が手を振って文句を遮ると、欽兵衛は「まったくもう」と顔を顰めた。

四

それから三日ばかり経った。艶の雫については、あれからまた一人、肌かぶれの客が出たと宇多之助から知らせがあったが、それ以上の動きはない。お美羽は、長屋の仕事を片付けながら、どうしたものかと頭を悩ませていた。

「欽兵衛さん、お美羽さん、聞いたかい」

昼過ぎ、突然やって来た甚平が言った。

「聞いたって、何を」

どうしたのかと問い返すと、甚平は裏の屋根を指した。

「丸伴屋だよ。あそこを買ったのが、いるらしいぜ」

「え、やっと買い手がついたの」

丸伴屋が潰れてから、もう二月半になる。悪い物件ではないのだから、今まで売れなかったのが不思議なくらいだ。

「誰なんだい」

欽兵衛が言った。無論、それが最も気になるところだ。

「おう、深川(ふかがわ)の材木屋だって話だ。屋号は聞いてねえが」

材木屋、と聞いてお美羽と欽兵衛は顔を見合わせた。

「材木を扱うには、ちょっと狭いんじゃないかね」

「そうでもねえと思うが。そもそも材木屋が買ったからって、あそこで材木を扱うと決まったもんでもねえし」

まあ、おっつけこっちにも挨拶に来るんじゃねえか、と言って、甚平は帰って行った。買い手がちゃんとした人なら、隣のことだから甚平の言うように挨拶があるはずだ。詳しいことはその時に聞けばいいね、とお美羽は裏の屋根を見ながら思った。

その挨拶があったのは、次の日だった。

「ご免下さいまし。お邪魔いたします」

戸が開けられる音と共に、聞き覚えのない澄んだ上品な声がしたので、お美羽は急いで応対に出た。

表口の三和土に立っていたのは、二十三、四と見える羽織姿の若い男だった。顔を見てお美羽は、はっとする。鼻筋が通り、目元の涼やかな美形だ。思わず顔が火照ってしまい、僅かながら挨拶に応える声が上ずった。

「は、はい。おいでなさいませ。どちら様でございましょう」

「深川島田町で材木を商っております、田村屋の充治と申します。実は先日、こちらの裏手の、前は炭屋さんだった店を手に入れまして、そのご挨拶に伺いました」

木場の材木屋さんだ。甚平が言っていたのは、このことか。それを聞きつけて、欽兵衛があたふたと出て来た。

「わざわざ恐れ入ります。こちらの大家、欽兵衛でございます。これは娘の美羽で」

「左様でございますか。家主の寿々屋さんには改めてご挨拶させていただきますが、取り敢えずこちらにと思いまして。まずは、ご挨拶のおしるしに」

充治は、供の手代に持たせていた角樽を差し出した。欽兵衛が恐縮する。

「これはご丁寧に。ささ、狭い所ですがお上がりを」

充治はちょっと躊躇ったが、では少しだけ、と家に上がった。

お美羽が茶を出して座が落ち着いてから、欽兵衛が聞いた。

「木場の田村屋さんのお名前はお聞きしたことがありますが、そちらの若旦那様ですか。こちらの丸伴屋さんの跡を買われたのは、新しい商いでもなさるおつもりでしょうか」

江戸の材木商は多くが木場界隈に集められており、さして広くもないこの場所で材木を扱うとは、思えなかった。

「はい。この頃は景気もよろしく、新しい商いもいろいろと出ておりますので、材木の商いにも何か一工夫をと思いまして。指物(さしもの)などに使う小口の材をまとめて商うことを考えました」

柱や梁に使うようなものとは別に、小口で使える板材などを切り出しておいて、指物商に卸したり大工の小仕事に店先で売ったり、というのを考えているという。

「父に話しましたところ、お前が自分でやるならいい、と言われまして」

市中での材木の高積みは防火のため禁じられているが、そうした店なら人通りの見込める便利な場所でも差し支えない。そう考えて、手頃な空家を探していたそうだ。

「では、ご自身のお考えで商いを」

この充治、見場がいいだけでなく才覚もなかなかにあるようだ。こういう人が隣に来るのなら、とお美羽の胸は高鳴ってきた。

「思い付きですので、上手く行くかどうかはこれからですが」

はにかむように充治が言った。だが言葉とは裏腹に、自信がありそうに見えた。

「丸伴屋さんだった店は、どなたから買われたんですか」

欽兵衛が聞いた。

「いえその……買ったわけではございません」

「え、どういうことですか」

「実は、丸伴屋さんがお金を返せなくなったので、そのカタとして」

「まあ。田村屋さんが丸伴屋さんに貸してらしたんですか」

てっきり金貸しから流れたと思っていたお美羽は、驚いた。充治は、どう言ったものかと考えるようにしてから、事情を話した。

「うちと丸伴屋さんは、創業した初代が同郷だったもので、ずっとお付き合いがあったのです。丸伴屋さんは、この十年ほどの間に商いが傾いてしまわれて」

そこで充治は欽兵衛とお美羽をちらりと窺い、丸伴屋が潰れた事情をある程度知っているようだと見極めたのか、先を話した。

「丸伴屋さんは、お店を立て直そうとあちこち借金なすったようですが、思うようにいかなかったそうです。それで、最後の一手として、古い付き合いのうちからお金を借り直して他の借金を全部返し、巻き直しを図ったのですが」

巻き直しと言っても、新たな工夫があるわけでもなく、勝負に出るような度胸もなかったことから、結局じりじりと追い詰められ、潰れるに至ってしまったという。

「そんなわけで、お店は手前どものものになりましたが、すぐには店の使い道がなく、しばらくそのままにして買い手を探していたのです。そのうち私が新しい商いを思い付き、これはちょうどいいかもしれない、と」

そうでしたか、と欽兵衛とお美羽は得心して、安堵した。

「てっきり高利貸しか何かの手に渡ったと思って、変な人が入って来たらどうしようと気を揉んでいたのですが、信用のあるお方に引き取っていただいて、ほっとしました」

欽兵衛がつい本音を口にしたので、お美羽は横目で睨んだ。

「これはどうも、恐れ入ります」

充治が微笑んだ。ちらりと見えた真っ白い歯が光り、お美羽の目が吸い寄せられる。

「あの、すぐにこちらにお移りになるのですか」

つい、逸って聞いてしまう。充治は「いえ」と答えた。

「商いの段取りを立ててましてから。もうしばらくはかかると思います」

準備が必要、か。ちょっと残念だが、もっともな話だ。

「そこで一つ、確かめたいことがあるのですが」

はい、何でしょうと欽兵衛とお美羽は居住まいを正す。

「ここは三十年ほど前まで、堀だったと聞きましたが」

「ええ、ここまで舟が入っていたので、入舟長屋という名が付きました」

なるほど、と頷いてから充治が聞いた。

「ではその、土地はどうでしょう。埋め立てたものなら、周りよりも弱いということはありませんか」

　二人は、ぎくりとする。まさにそのせいで丸伴屋の柱は傾いているし、あのくらいの地震で長屋が歪んでしまったのだ。埋めた時の突き固めが、甘かったのかもしれない。

　どう言ったものか、と一瞬迷ったが、どうせいずれわかることだ。お美羽は正直に話した。

「うーん、やはりそうですか」

　充治は小首を傾げている。

「建物はそのまま使おうか、どうしようか迷っていたのですが、調べてみて、歪みが出ているようなら建て直しましょう。本業の材木屋と違って、さほど重いものを積むわけではありませんから、気にするほどの差し障りはないと思います」

　ならやめておこう、とは言い出さなかったので、お美羽は胸を撫で下ろした。

「堀だったなら、河岸を固める石積みなどもあったでしょうが、そのまま埋めたんですか」

「いちいち壊したりはしていないでしょうから、そのままのはずです」

「では、建替える場合は基礎を掘る時、気を付けましょう」

充治は、細かいことにも良く気が付くようだ。商いでも目端が利くんだろうな、とお美羽は好もしく思った。


「へえ、材木屋の。そいつは意外だったなぁ」

お美羽の家の縁側に腰掛けた栄吉は、酒の入った茶碗を持ち上げて言った。

「しかも挨拶に角樽とはねえ。ずいぶんと丁寧じゃねえか」

充治が置いて行った角樽は、お美羽と酒に弱い欽兵衛だけでは飲みきれないので、長屋の一同に振る舞うことにしたのだ。思いがけずお零(こぼ)れに与(あずか)れると聞いて、居合わせた連中は皆、寄って来た。普段ぐうたらな菊造と万太郎も、こういうことには鼻が利くので、しっかり相伴に与っている。

「本業が材木屋なら、丸伴屋を建替えるにしても、相当しっかりしたものを建てるんでしょうねえ」

和助が裏手に目をやりながら言った。

「ついでに長屋の建替えにも、材木の余りを回しちゃくれませんかねえ」

そりゃあ虫が良過ぎるよ、とお喜代が笑う。

「小口で板などを扱うのか。目の付け所はいいように思うが」

山際が盃を傾けて言った。

「それで大きな儲けになるのかな」

「そりゃあ、なると思ったんでしょうよ。覚蔵親方なんか、喜んで客になるんじゃねえかな」

菊造は、前にお美羽が乗り出した大盗人の一件以来、親しくしている指物職人の名を挙げた。他にも、火事の一件で縁ができた仏師の人たちはどうだろう。仏像を彫る材を供することもできそうな気がする。新しい商いを考えるのって、大変だろうけど楽しそうだなあ、とお美羽はちょっと羨ましくなった。


その二日後のこと。お美羽と欽兵衛は、寿々屋に呼ばれた。

「はて、六日前に伺ったばかりなのに、何の用かな」

今は如月の半ばで、店賃の締めとは関わりない。とすると、やはり。

「宇多之助さんのところの話じゃないかしら」

ふむ、と欽兵衛は頷きかけたが、「それならお前だけでいいんじゃないか」とお美羽に言った。言われてみれば、調べを頼まれたのはお美羽であって、欽兵衛は関わりがない。

「それもそうね。別の用かしら」

思い当たる節がないまま、寿々屋に着いた。手代の壮助が出て来て、すぐに奥へと通される。

「どうも、お呼び立てしまして」

宇吉郎はいつも通りの様子で現れ、座に着いた。挨拶してすぐに、お美羽が告げる。

「宇多之助さんの艶の雫につきましては、まだこれといって」

いやいや、と宇吉郎は手を振った。

「今日はそのことではありません。入舟長屋のことです」

はあ、と欽兵衛は落ち着かなげに生返事をした。建物が歪んだことが、宇吉郎の耳に入ったのだろうか。

「昨日、木場の田村屋さんの若旦那さんが来られました。入舟長屋の隣の、丸伴屋さんの跡を使うつもりだ、ということで」

ああ、そのことか、とばかりに欽兵衛がほっと息をついた。

「はい。一昨日、長屋の方にもご丁寧な挨拶を頂戴しました」

「そのようですね。丸伴屋さんの跡では、新しく小口の商いをなさるとか」

「はい、そうお聞きしました」

返事をしてから、お美羽は内心で首を傾げた。そのことだけでわざわざ呼ばれたとも思えないのだが。

訝しんでいると、それが伝わったのか、少し間を置いてから宇吉郎が言った。

「田村屋さんからは、他の話もありましてね」

宇吉郎の顔は、心なしか硬くなっている。お美羽は少し不安になった。

「どんなお話でしょう」

「入舟長屋を含めた、あの辺りにうちが持っている土地を売る気はないか、とお尋ねになったのです」

「えっ、長屋を土地ごとですか」

欽兵衛もお美羽も、仰天した。一昨日来たときには、充治はそんな気配を全く見せなかったのに。

「いったい……何をお考えなのでしょう」

「どうも、小口の商いだけでなく、あの辺りを丸ごと建替えて、新しいお店を作って貸し出すおつもりのようです」

お美羽は唖然とした。町並みを、丸ごと造り変えるつもりなのか。それは、小口の新しい商いなどとは全く違う話だ。

「田村屋さんにはご内聞に、と言われましたが、あなた方にはお話ししておくべきかと思いまして」

「それでは、長屋はどうなるのです」

「田村屋さんのお考えを聞く限りでは、新しい建物に長屋を組み入れるのは難しいようで」

そんな、と欽兵衛は顔色を変えた。

「長屋がなくなってしまったら……」

お父っつぁん、落ち着いて、とお美羽は袖を引いた。

「旦那様は、まだお売りになるとはおっしゃってませんよ」

その通りです、と宇吉郎は笑った。

「田村屋さんには、売るつもりはありませんとお答えしました。ご安心なさい」

欽兵衛は、見た目に明らかなほどに安堵し、赤くなった。

「いやどうも、取り乱しましてお恥ずかしい」

「なあに、ご心配はもっともです」

宇吉郎は宥めるように言ってから、改めて聞いた。

「ところで、田村屋さんのお話に出たのですが、長屋の地面が緩んでいるようですな。建物が歪んだとか」

あっ、と欽兵衛が額を叩いた。

「申し訳ございません。先日もそのことを申し上げるつもりだったのですが」

宇吉郎は、いやいや、と手を振ってから、真顔で聞いた。

「で、だいぶ深刻なのですか」

これにはお美羽が、欽兵衛に代わって答えた。

「いいえ、すぐにでも倒れるということはありません。ですが甚平さんが言うには、修繕にお金をかけるより、建て直した方がいいのではないか、と」

なるほど、と宇吉郎は頷いた。

「わかりました。甚平さんに、見積もりを持って来るよう伝えて下さい。それを見て、考えましょう」

建って三十年、少し早いが潮時かもしれませんな、と宇吉郎は言ってくれた。欽兵衛とお美羽は喜び、よろしくお願いいたしますと両手をついた。

長屋のことは一安心となったが、お美羽はすっきりしなかった。充治が本当の考えをお美羽たちに隠していたのがわかったからだ。とってもいい人だと思ったのに、裏切られた感じがして、寿々屋を出るなりお美羽は欽兵衛に憤懣をぶつけた。

「あの若旦那、裏でこんなことを企んでたなんて。角樽一つで、安く見られたもんだわ」

「まあ向こうとしちゃ、買いあげようとする長屋でそんな話を直に言うわけにもいかないだろうしねえ」

寿々屋が売らないと言明したのに気を良くしてか、欽兵衛は充治に味方するような言い方をした。人が好すぎるわよ、とお美羽は苛立つ。

「だったら、うちに挨拶なんか来なきゃいいのよ。騙されたみたいで、腹立つわ」

「嫁入り前の娘が、そんなに人前であからさまに怒るのは止しなさい。まさかまた障子に当たり散らしたり……」

「お父っつぁん！」

　こめかみに青筋を立てて睨むと、欽兵衛は慌てて目を逸らした。親にまで「障子割りのお美羽」なんて言われてたまるか。


　ちょっと買い物をしてから長屋に戻ると、お美羽は「おや」と眉根を寄せた。栄吉を真ん中に、長屋の住人たちが何人も井戸端に集まっている。家で仕事をしている栄吉以外は働きに出ている者が多いので、集まっているのは大方女衆だ。そこまではいつもの景色だが、今日は皆が声を潜めて顔も強張り、何やら不穏な気配だった。

「みんな、何かあったんですか」

　お美羽が近付いて声を掛けると、皆が一斉にこちらを向いた。

「あっお美羽さん、聞きたいことがあるんだよ」

お喜代が真っ先に声を上げ、小走りにお美羽の傍に寄った。後の者も続き、お美羽と欽兵衛を取り囲む。何事だい、と欽兵衛は目をぱちくりさせた。

「寿々屋さんに行ってたんだろ。ここを売るって話、本当かい」

いきなり尋ねられ、お美羽は目を剝いた。宇吉郎から話を聞いて、まだ半刻（約一時間）くらいしか経っていない。

「どっ、どこでそんなことを」

「壮助さんから聞いたんだよ。丸伴屋の跡を手に入れた材木屋から、この長屋も売らねえかって話があったそうじゃねえか。それで寿々屋さんに呼ばれたんだろ」

栄吉が言った。ついさっき作った簪を十本ほど納めに行ったら、応対した壮助が漏らしたのだという。お美羽は唇を嚙んだ。あのおしゃべりめ。

「どうなのさ。この長屋が売られちまったら、あたしたちは出てかなきゃならないのかい」

お喜代が畳みかけるように聞いた。そうだ、そんなことになっちゃ困る、と皆が口々に言う。長屋の常で、その日暮らしの者ばかりだから、いきなり追い出されたりしたらその晩から寝るところに困ってしまう、と栄吉も嘆いた。

長屋が急に取り壊しになって追い出された、という例はあちこちにあるが、さすがに次の住まいの斡旋（あっせん）くらいはあり、原っぱか道端で寝ろ、なんてことまでは言われない。それでも、慣れ親しんだ暮らしが突然変わり、馴染みのないところへ移されるのは不安に違いない。お美羽は皆を安心させようと声を大きくした。

「ここを買いたいって話があったのは本当よ。でも、寿々屋さんはきっぱり断りました」

幾人かが、ほっと息を漏らした。

「じゃあ、今のままで大丈夫なんだね」

「寿々屋さんが請け合ったんだから、心配しないで」

やれやれ、と集まっていた一同が肩の力を抜いた。

「だから言ったろ。寿々屋さんがあっさりここを手放すなんてことはねえって」

菊造が胸を張って言った。お前が偉そうに言うんじゃない。鋭い視線を感じたか、菊造はお美羽の方を向いて頭を掻いた。

「いや、ひょっとしたら、出て行く代わりに溜まった店賃は帳消しなんてことになるか、ってちょっとだけ思っちまったんだが」

「なわけないでしょ」

お美羽はぐいっと顔を近付けた。

「もしそうなったら、店賃代わりに身ぐるみ剝いで追い出すよ」

菊造は震え上がって、さっと身を翻すと家に逃げ込んだ。

五

入舟長屋がいつもの穏やかさに戻ったのも、束の間だった。翌日の昼過ぎ、しばらくぶりに朝から仕事に出ていた万太郎が、幾分太めの体を揺すって急ぎ足で帰って来た。商売物の下駄や草鞋を入れた籠を見ると、売れたのは一足か二足のようなんだ、もう投げ出したのかとお美羽が文句を言おうとすると、万太郎は右手で摑んだ紙を振り回した。

「ああお美羽さん、丁度良かった。こいつを読んでくれ」

籠を吊った棒を肩から下ろし、荒い息を吐きながら万太郎が突き出して寄越したのは、読売だった。万太郎はひらがなもろくに読めないので、お美羽に頼むつもりで買ったようだ。

「え、何なのこれ」

「寿々屋さんについて、良くないことが書いてあるらしいんだ。なんでも、化粧の水に毒みてえなもんが入ってて、使った女の人の肌が焼けちまったとか何とか」

「何ですって?」

　お美羽はひったくるようにして読売を手にすると、左隅に真泉堂(しんせんどう)の印があるのにまず気付き、顔を顰めた。真泉堂は性質(たち)の悪い読売屋で、金になりさえすれば何を書き立てるのも平気だ。今までに何度も、お美羽たちと揉めたことがある。去年、寿々屋の絡んだ一件でいい加減なことを書き、世間をみだりに騒がせたとして奉行所から叱責され、しばらく鳴りを潜めていたのだが、また動き出したようだ。口惜しいことに書き手は有能らしく、中身自体は面白おかしくできているので、売れ行き自体は悪くないらしい。多くの人にとっては、書いてあることが真実かどうかなど、二の次なのである。

　苦々しい思いで読売を読み始めたお美羽は、たちまち怒りで顔を火照らせた。ネタはやはり宇多之助の売った艶の雫のことで、いろいろな混ぜ物をして作った化粧水に、毒のあるものが混ざっていた、寿々屋は薄々気付いていたが、儲けのためにそのまま売った、というような書き方がされていた。顔が赤くただれた女たちが、南紺屋町の寿々屋に押しかけている挿絵まで付いていた。

「またあの真泉堂！　これは酷いじゃないの」

お美羽は読売を引き破りそうになるのを堪え、手を震わせた。

「ちょっと肌荒れを起こしただけで、こんな火傷みたいなことになんか、なってない。毒入りを承知で売ったなんて、大嘘もいいとこよ」

「だよなあ。俺もおかしいと思ったんで、わざわざ買って持って来たんだ」

万太郎が手柄のように言った。それから、少しばかり顔を曇らせる。

「ちょっと肌荒れ？　ってことは、丸きりの出鱈目でもねえのかい」

「針小棒大、って聞いたことない？　実際のことを、百倍に膨らませてる。だいたい、寿々屋さんのせいとも言えないのよ。職人さんは至って真面目な人で、誰かが外から入り込んで漆か何かを……」

そこまでまくし立てて、勢いで喋り過ぎたとお美羽は口を閉じた。そして同時に、はっとした。まさか、ネタを作るために真泉堂が誰かにやらせた？　いや、さすがにそれは……。

　とにかく、問い質さないと気が済まない。お美羽は万太郎に「一緒に来て」と言い、長屋の木戸を出て行こうとした。が、ちょうどそこへ、手習いの仕事を終えた山際が帰って来た。

「おや、お美羽さん、血相変えてどうしたんだ」

　お美羽の剣幕に驚いた山際は、押しとどめるようにして問うた。お美羽は山際の目の前に、読売を広げた。

「見て下さいよ、これ。またあの真泉堂です」

　お美羽は手短に、艶の雫をめぐる騒動を伝えた。山際は読売を見ながら、ふむふむと頷いた。

「話はわかった。真泉堂がまた、悪意を持って話を広げようとしている、と言いたいのだな」

「そうなんです。真泉堂の考えか、誰かの差し金かはわかりませんけど」

「で、お美羽さんはどうしようと？　また真泉堂にねじ込みに行くつもりかな」

「あー、えっと、それは……」

お美羽は赤くなって俯いた。前にも、大工の和助が巻き込まれた芝居小屋の一件で、真泉堂に怒鳴り込んだ挙句に山際に助けられるという失態を演じている。危うく、その二の舞になるところだった。

「やっぱりか」

山際は笑って、お美羽の肩を叩いた。

「千江に番茶でも淹れさせるから、もう少し詳しく聞こうか。話しているうちに、お美羽さんの頭も冷えるだろう」

「ああ……はい、済みません」

いささかばつが悪かったが、お美羽は山際に従った。万太郎は、引っ張り出されなくて助かったとばかりに、早々にねぐらに引き上げた。

「なるほど、漆のようなものを樽に入れられたかもしれない、と。宇多之助殿も総七郎という職人頭も、そう思っているのか」

お美羽から全部を聞いた山際は、顎を撫でて考え込むような仕草をした。

「誰が何のために、という心当たりはないのだな」

「商売敵とするとやり方がえげつないですし、そこまでする相手は思い付かないそうです」

「お美羽さんも艶の雫を使っているのでしょう。大丈夫なのですか」

千江がお美羽の顔を覗き込みながら、心配そうに聞いた。大丈夫ですとお美羽は頰に手を当てた。

「樽に何か入れられたのは、私が買った後のことです。総七郎さんの話では、やられたとすれば師走頃ではないかと」

「肌荒れを起こした方々は、治るのですか」

千江が自分のことのように肌を撫でて聞いた。

「はい。お医者に行かれた方もいるそうですが、二十日もすれば赤みは消えると」

「医師の診立てでも、漆によるものなのか」

山際が尋ねた。そのようです、とお美羽は答える。

「宇多之助さんもだいぶ詳しく聞いたようですが、断ずることはできないが漆かそれに似たものだろう、と。樽の中で混ぜられてかなり薄まっているので、もともと肌の弱い人でなければ症状も出ない、とのことです」

「そのくらいなら良かった」

山際が口にすると、千江が珍しく「いいえ」と強く言った。

「綺麗になろうという女の願いを踏みにじるようなことです。許される話ではありません」

ですよねえ、と千江がお美羽に言った。お美羽も、もちろんですと頷く。

「う、うむ。それはそうだな」

山際が咳払いした。奥ゆかしい千江さんにも、しっかり強いところがあり、それに山際がたじろいでいるようなのが、お美羽には可笑しかった。

「香奈江も、お化粧してみたい」

隅の方でお手玉をしていた香奈江が、だしぬけに言った。

「はいはい、もう少し大きくなったら教えてあげるわね」

にっこり笑って千江が言う。小さくてもやっぱり女の子だなあ、とお美羽は微笑んだ。

「しかし、酸のような強いものを入れられていたら、大変だったな」

山際が懸念を述べた。もし読売の挿絵のような火傷になっていれば、肌ばかりか心の傷も、一生残るかもしれない。それは、絶対にあってはならないことだ。

「それは私も気になりましたが、そこまで強い毒なら気付けないはずはないかと」

もっともだ、と山際も頷く。

「誰の仕業にせよ、そこまでする気はなかったのだろうな」

「嫌がらせ、でしょうか。やはり真泉堂も一味ですかね」

「さて、それでどんな利得があるか、だが」

商売敵の仕業でないのなら、そこが今一つ見えてこない。山際もお美羽も、首を捻るしかなかった。

読売が出たことで心配になったお美羽は、次の日の朝、長屋の用事を済ませてから南紺屋町へ行ってみた。宇多之助も読売のことは知っているだろうから、お見舞いのつもりだった。

だが南紺屋町に来てみると、思ったよりずっと深刻なことになっていた。店の前には何十人もの人垣ができて、うち何人かが声を荒らげ、応対に出ている番頭や手代に詰め寄っていた。

「やいやい、おかしなものを売りやがって。女房の顔にできた傷を、どうしてくれるんだい」

「うちの娘は嫁入り前だぞ。その顔にこんなことしやがって」

「このまま顔が真っ赤にただれて火傷みたいになったら、どうする気だ」

顔に傷がついたわけでも、火傷みたいになったわけでもないはずだが、人々の言いようはどんどん大仰になり、さらに尾鰭がついて行く。

「もしお医者にかかられたら、そのお代は店の方で持ちますから」

「どうか皆さん、落ち着いて。お肌がどのようになったか、詳しく教えて下さい」

何とか冷静になってもらおうと、番頭たちが必死に繰り返す。だが興奮した人たちは、聞く耳を持っていないようだ。今すぐ詫び料を払え、などと怒鳴り出す輩もいる。もしや樽に細工した奴の仲間か、真泉堂の手下が交じっているのでは、とお美羽は慄然とした。

後ろから、幾人かが駆けてくる足音がした。振り向くと、見慣れた顔が先頭に立っている。北町奉行所定廻り同心の、青木寛吾だ。良かった、とお美羽は頬を緩めた。青木なら、この騒ぎを収めてくれるだろう。

「北町奉行所だ！　みんな下がれ。何を騒いでいる」

　青木が怒鳴ると、騒いでいた連中は叫ぶのをやめた。代わりに、青木たち役人を取り囲む。

「八丁堀の旦那。聞いて下せぇよ。この寿々屋が、化粧水に毒を」

　職人風の一人が不満顔で、青木に向かって言った。それを遮るように青木は懐から読売を出して突きつけた。

「こいつを読んでの騒ぎか」

「読売だけの話じゃねえ」

　職人風の男が、食い下がる。

「現にうちの女房は、ここの化粧水を使ったせいで顔が真っ赤に荒れて」

「この読売の通り、火傷したようにただれたと言うのか」

　詰問された男は、言葉に詰まった。

「え、いや、赤くなって痒くなって……」

「ずっとそんな具合か」

「ええとその、まだちょっと赤いが痒みはもう……」

「それだけか」

青木はこれ見よがしに十手を持ち上げた。

「ええと、まあ、それだけって言やぁ」

男の言葉が、尻すぼみになる。青木は周りを見渡し、大声で問いかけた。

「この中に、化粧水を使って肌が火傷したようにただれた者はいるか」

見たところ、そんな者はいない。青木は重ねて聞く。

「家の者や知り合いに、そういう者はいるか」

返事はなかった。やはり、読売に煽られたか、あわよくば凄んで金をせしめようという連中ばかりのようだ。青木は、ふんと鼻を鳴らした。

「よく聞け。もしこの店が悪事を働いたのなら、きっちり調べて償わせる。大した害も受けていないのに強請り紛いのことをするような奴がいたら、そいつもしょっぴく。だからお前たち、これ以上騒ぎは起こさず、家に帰れ。わかったな」

青木がよく通る声でそこまで言うと、集まっていた連中は居心地悪そうにしていたが、やがて三々五々、散っていった。

誰もいなくなると、お美羽は青木に駆け寄った。

「青木様、お見事でした。さすがですね」

声に驚いたように、青木はお美羽の方を向いた。

「何だお美羽か。こんなところで何をしている」

言ってから、お美羽が読売を手にしているのに気付き、眉を上げた。

「お前もあの化粧水を使ってたクチか」

「ええ、まあそうですが……」

「だったら今言った通りだ。さっさと帰れ」

青木はくるりと背を向け、連れていた岡っ引きと小者に、十手で指図した。いずれもお美羽の知らない顔で、この辺を縄張りにしている者らしい。岡っ引きたちは一礼すると、番頭たちを促して店に入って行った。顔つきを見ると、少しばかり剣呑そうだ。

そこでお美羽は気付いた。青木は寿々屋を助けに来たのではなく、化粧水のことで取調べに来たのだ。これは放っておけない。お美羽はすかさず、青木の後にぴったり付いた。

「うん？　何だお前、さっさと消えねえか」

振り返った青木は、お美羽を追い払おうとしたが、何やら思い当たったようだ。

「おい、お前もしかして、寿々屋の旦那から何か言い含められてるのか」

お美羽はニヤリとする。

「お察しの通りです」

青木は露骨に顔を顰め、舌打ちした。それでも、追い払うのは諦めたようだ。

「口を挟むんじゃねえぞ」

それだけ言って、ぷいっと顔を背ける（そむ）と奥に入って行った。お美羽は黙って後に続いた。

奥座敷で青木と対座した宇多之助は、神妙に頭を下げた。

「表の人たちをお鎮めいただき、誠にありがとうございました。なかなかご納得頂けず、一時はどうなるかと思いました。御礼申し上げます」

礼を述べてこういう場ではお決まりの金包みを出そうとする宇多之助を、青木は手で止めた。

「待ちねぇ。こっちとしちゃ、お前のところが知っててああいうことをやった、ってぇ疑いもあるんだ」

　ええっと宇多之助の顔が青ざめる。

「誓って、そんなことは一切ございません。何故にそのような」

「金儲けのためなら少々の害が出ても目をつぶる、ってぇ店も少なくねぇからな」

　実際にそんな悪徳商人が多いわけではなかろうが、青木は隠し事があれば容赦しない、という脅しを利かせているようだ。

「まあ悪意がなかったとしてもだ。お前たちに落ち度がねぇのかどうか、きっちり確かめなきゃならねぇ。初めから、細大漏らさず話してもらおうか」

　青木が少し口調を和らげた。脅しの効果か、宇多之助は総七郎を雇い入れて艶の雫を作ったところから、肌荒れの害が出始めるまでのことを、一気に喋った。お美羽が聞いたのよりもずっと細かかったが、中身は変わらなかった。

「ふむ、そうか。これまで何もなかったのに急に害が出だしたのは、誰かに細工されたせいかもしれねぇ、ってんだな」

　聞き終えた青木は頷くでもなく、じっと宇多之助を見つめ返している。宇多之助は俯き加減にしていたが、お美羽の見る限り、やましさに慄(おのの)くような様子はなかった。

「よし。こいつはもう読んだか」

青木は懐から例の読売を出した。宇多之助は一瞬顔を顰め、「はい」と応じた。

「とんでもない言いがかりです。肌がこれほど酷いことになった方はいませんし、あまりに大仰です。幾ら読本が売れさえすればいいとはいえ、無体に過ぎます」

宇多之助の頬に赤みが差した。本気で怒っているようだ。

「うむ。これじゃあ、店の信用はがた落ちだな」

おっしゃる通りです、と言ってから、宇多之助は青木の顔色を窺いながら聞いた。

「あの、青木様、これはやはり、手前どもの信用を落とすための企みでしょうか。この読売屋も加担している、ということは……」

それはまさに、お美羽も聞きたいことだ。青木の眉が吊り上がった。

「素人が、勝手な憶測をするんじゃねえ。肌が荒れた女が幾人もいるなら、そっちから話を聞いて尾鰭を付ける、ってぇのは読売屋が普通にやるこった。それだけでツルんでると言えるか」

「浅はかでした。申し訳ございません」

宇多之助は慌てて詫びた。だが青木を良く知っているお美羽には、青木も腹の中では宇多之助と同様に考えているらしいことが見て取れた。

「で、どうする。店は閉めるのか」

「は……それは考えましたが、却って信を失うかもしれないと案じておりまして」

「そうだな。閉めたら、余計に疑われて噂だけ広まるだろう。もしお前が考えるように、陥れようとしている奴がいるんなら、思う壺だ。普段通りに商いしておくがいい」

青木は後ろに控えている岡っ引きを顎で示した。

「木挽町(こびきちょう)の嘉吾郎(かごろう)は知ってるな。またさっきみてえな騒ぎにならねえよう、こいつに見張らせておく」

脇に座るお美羽を、いったい何者だと胡散(うさん)臭げに見ていた嘉吾郎は、すぐ居住まいを正して「へい」と応じた。見張る、というのは、騒ぎが起きないようにというだけでなく、宇多之助たちの動きからも目を離すな、という意味に違いない。それを知ってか知らずか、宇多之助は「ありがとうございます」と平伏した。

宇多之助の店を出た青木は、その場で嘉吾郎とその手下たちと別れ、日本橋通りの方へ行った。大番屋にでも行くのだろうか。帰る方向が同じなので、お美羽は青木の少し後についていった。

京橋を渡って南伝馬町(てんまちょう)三丁目の半ばまで来たところで、青木が前を向いたまま肩越しに手招きした。すぐ後にお美羽が歩いているのを承知してのことだ。お美羽は足を速め、青木に並んだ。

「お前も、宇多之助を陥れようとしてる奴がいる、と思ってるんだな」

「はい。何者かはわかりませんけど」

「で、寿々屋の大旦那に宇多之助を助けるよう、頼まれたか」

「はあ……そんなところです」

ふん、と青木は鼻を鳴らす。

「宇吉郎旦那が気にしてるのは、宇多之助のことだけじゃねえのかもな」

はっとお美羽は青木の顔を見る。

「寿々屋丸ごとが、狙われていると思われるんですか」

「化粧水の細工だけならともかく、真泉堂を引っ張り込んでるとなると、ちっと大掛かりだ。知っての通り真泉堂の主人の繁芳（しげよし）は、煮ても焼いても食えねえしたたかな奴だ。はした金じゃあ動かねえ。見えてるより大きな企みかもしれねえな」

やはり、真泉堂も一枚嚙んでいるというのが青木の考えか。それをお美羽に話したのは、遠回しに宇吉郎の耳に、青木もいろいろ懸念していることを入れておこうという意図だろう。

「どんな企みでしょうか」

「そいつはさすがに、見当がつかねえ」

宇吉郎なら知ってるんじゃないか、と言いたそうな口ぶりだった。


家に帰って昼餉を済ませ、木戸の辺りを竹箒で掃いていると、通りに山際の姿が見えた。お美羽は箒を使う手を止めて、お帰りなさいと声をかけようとした。が、途中で止めた。山際はこちらではなく、後ろの方をしきりに気にしているようだ。どうしたのかとお美羽はそのまま様子を窺った。

間もなく山際は、首を捻るような仕草をして向きを変えると、木戸の方に歩いて来た。

「山際さん、お帰りなさい」

改めて声をかける。山際は「やあ、ただいま」と返したが、目の動きからすると、まだ通りの方が気になるようだ。

「あの、何かあったんですか」

お美羽が聞くと、山際は「うーん」と頭を掻いた。

「何かってほどでもないんだが、この長屋を窺っているような男がいたのでな」

「え、うちを覗いてたんですか」

と言っても、入舟長屋には盗人の気を引くようなものは何もない。

「いや、覗くというほどではないが、あっちの陰からこの木戸の方をじっと見ていたんだ」

お美羽は木戸から出て、山際の指す方を見た。表の二ツ目通りの向かい側に並んだ店のうち、三軒先の酒屋の前に大樽がある。男はそこにいたそうだ。

「こちらが気付いたのがわかったらしく、目を合わせぬようにしてさっと立ち去った。やくざ者とか、そんな感じではなかったな」

若い男で、銀鼠（ぎんねず）の着物は安物ではないように見えたという。

「少なくとも、知った顔ではないな。まあ、さして気にすることもないと思うが」

「そう……ですか」

お美羽の頭には、真泉堂のことが浮かんだ。今まで何度も揉めた相手だけに、お美羽が宇多之助の店の一件に首を突っ込んでいるのを知って、様子を見に来たのかもしれない。いや待てよ。長屋を買いたいと言った田村屋の者が、その話で騒ぎが起きていないか、確かめに来たのかも。

お美羽は頭を振った。いかんいかん、考え過ぎて気が立っている。枯れ尾花に惑わされないよう、気を付けねば。

「案外、この長屋に住みたいって人かもしれませんしね」

お美羽は笑顔を作って、そんなことを言ってみた。山際は冗談だと解したようだ。

「だといいな」と笑って、千江たちの待つ家に入った。


次の朝である。朝餉の片付けを終えたお美羽が、洗濯しようと盥を持ち出したところへ、南六間堀の喜十郎が現れた。もともと愛嬌のある顔ではないが、今朝は一段と物々しい。下っ引きの甚八（じんぱち）と寛次（かんじ）を引き連れ、周りを睨みつけるようにして木戸を入ってくると、お美羽を見つけて立ち止まった。

「あら、喜十郎親分。朝から何事ですか」

喜十郎がぐっと顔を近付けたので、お美羽はつい、引いた。喜十郎は構わず、ひと言告げた。

「殺しだ」

えっ、とさすがにお美羽は目を見開く。若い娘に向かって藪から棒に「殺し」なんて言葉を投げるとは随分酷いが、相手がお美羽なので遠慮はないようだ。まあ、お美羽の方も近頃は、それくらいでは動じない。

「どこです」

「この先、小名木川に架かる高橋を渡って少し行った、霊巌寺の裏手の溝でうつ伏せになってた。明け六ツ（午前六時頃）に、近所の者が見つけたんだ」

今は五ツ（午前八時頃）過ぎだから、一刻前か。でも、とお美羽は内心で首を傾げた。霊巌寺裏は、七町（一町＝約百九メートル）ほど離れている。亡骸が見つかって一刻ほどでここに来るとは、何かそれなりの理由があるはずだ。

「殺されたのは誰か、もうわかっているんですか」

ああ、と喜十郎はさらに難しい顔になって言った。

「この裏にあった丸伴屋の倅、善太郎だ」

六

ここじゃ何ですから、とすぐに喜十郎たちを座敷に上げた。話を聞いた欽兵衛は、唖然とした。

「丸伴屋さんの善太郎さん？　どういうことです。去年店が潰れてから、郷里（くに）に帰ったはずじゃ」

「ああ。聞いた限りじゃ、店を始めた先々代の里か何かへ引っ込んだ、ってぇ話だった。下総（しもうさ）のどっからしいな。そっちには遠縁の者ぐらいいるんだろう。だが、どうしたわけか善太郎は舞い戻ってたみてぇだ」

「いったい何で、善太郎さんだけ」

考え込んだ欽兵衛に、喜十郎が言った。

「そいつを調べてるんだ。ここは丸伴屋の裏だから、何か聞いてんじゃねぇかと思ってね」

「親分、裏の住まいだからってだけで、そこまで家のことを聞いてたりしません
よ」

困惑顔の欽兵衛に向かって、喜十郎はさらに続けた。

「聞くところによると、善太郎とお美羽さんの間に縁談があったそうじゃねえか」

げっ、そこを聞くの。お美羽は古傷を抉(えぐ)られた気がした。

「もう二年も前です。話が出た先からぶっ壊れましたよ」

つい、吐き出すような口調になる。喜十郎は目を瞬き、すぐにニヤリとした。

「ははあ。例によって、そういうことか」

虚実綯い交ぜの武勇伝を幾つも持っているお美羽の縁談が、そのせいで次々に駄
目になっていることは、喜十郎も充分に知っていた。

「そいつはお気の毒様だったな」

蹴っ飛ばしたろか、このクソ親父め。しかし、一度は縁談の相手になった人が殺
された、というのはお美羽にとっても辛い話だった。

「下手人は誰なのか、まだわからないのかい」

欽兵衛の無造作な言葉に、喜十郎はむっとしたようだ。

「まだホトケが見つかって一刻しか経ってねえんだ。当り前でしょうが。だからこうして、聞いて回ってるんじゃねえか」

喜十郎はお美羽に尋ねた。

「この二、三日、近所で善太郎を見かけなかったかい」

「いいえ、見てないですけど」

そこでお美羽は、山際が昨日の昼、若い男が入舟長屋の方を窺っていた、と話したのを思い出した。山際は善太郎の顔を知らないはずだ。

「ちょっと山際さんを呼んだ方がいいかもしれません」

「あのお人が、何か見たってのか」

喜十郎の目が光った。

善太郎の亡骸は、海辺大工町(うみべだいくちょう)の番屋にまだ置かれていた。手習いの仕事に出る前の山際を摑まえ、そこまで来てもらったのだが、筵(むしろ)をめくって顔を見るなり、山際はかぶりを振った。

「違うな。昨日見た男ではない。着物も違っている」

確かに善太郎の着物は薄茶で、銀鼠ではなかった。お美羽は山際の後ろから、そっと覗いてみた。善太郎を最後に見たのは去年の長月頃だったが、顔は間違いなく善太郎だ。下膨れで少し目が垂れており、男ぶりはもう一つだった。正直、面食いのお美羽が惹かれる顔立ちではない。だが人柄については、悪く言う人はいなかった。それを思い出し、気の毒になったお美羽はいつの間にか目を潤ませていた。

「首を絞められたか」

山際が首の痣を指して言った。喜十郎が、そうでさぁと頷く。

「紐か何かで、後ろから襲われたんだろうな。たぶん、昨日の夜遅くだ」

寺の裏の暗がりへ引っ張り込まれたなら、見た奴はいないでしょう、と喜十郎は残念そうに言った。

「善太郎が何しに来てたのか、本当に心当たりはねえんだな」

喜十郎はお美羽に、念を押すように聞いた。そう言われても、やはり何も思い付かない。

「ご家族は下総にいるんでしょう。そちらに聞けば」

お美羽が言うと、喜十郎は不快そうに「んなこたァ、わかってる」と幾分声を荒らげた。

「だが、下総のどこにいるんだか、まずそれを調べなくちゃならねえんだ。面倒臭い話だぜ」

そうか。丸伴屋の親子は、夜逃げ同然に江戸を出たので、どこの村に引っ込むとかいう話を近所にしていかなかったのだ。お美羽たちでさえ知らなかったぐらいだから、丸伴屋の奉公人だった者や知り合いを順に当たって探り出すには、しばらくかかるだろう。

「では、昨日か一昨日、界隈で善太郎の姿を見た者を探す方が良かろう、という考えか」

山際が考えながら言うと、喜十郎も「その通りで」と応じた。

「もう手下を聞き込みに出してやすがね。さしあたり、それを待つしかねえ」

そこで番屋の戸が開き、青木が入って来た。喜十郎がさっと背筋を伸ばす。

「おう。ホトケはそれか」

青木は善太郎の亡骸を一瞥してから、お美羽と山際がいるのを見て呆れたような顔になった。

「何だ、またお前さんたちか。このホトケとどんな関わりだ」

「ああ、いえ、今度はただ近所ってだけで」

慌ててお美羽が言うと、青木は苛立ちを見せた。

「関わるなら寿々屋の方だけにしろ。邪魔しないで出てけ」

はいはい、とお美羽は、山際と一緒に素直に引き上げた。


喜十郎が再びお美羽の家に来たのは、四日後だった。欽兵衛とお美羽を前に座敷に座った喜十郎は、どうにも浮かない顔だ。その様子を見て取り、欽兵衛が問うた。

「善太郎さん殺しのことかい。親分、お調べは思わしくないのかね」

「そうなんだ。殺しのあった晩、善太郎らしいのを見たって話は二、三拾えたんだが、それだけだ。確かかどうかもわからねえ。あいつがどこへ寄って何をしてたか、ってのはさっぱりでな」

「下総の住まいは、わかったんですか」

お美羽が聞くと、喜十郎の顔つきが少しだけ緩んだ。

「昨日、やっとな。丸伴屋の番頭だった奴を捜し出したんだ。佐倉の方だった。で、そこの名主に宛てて文を出しておいた。父親が元気なら文を見たらすぐ、江戸に出てくるだろう」

善太郎の亡骸は、霊巌寺に預けられていた。このままでは可哀相だと思っていたお美羽は、ほっとした。父親が来れば、荼毘に付して簡単な葬儀をしてから、骨を持ち帰ってやれる。さぞ落胆しているだろうから、お見舞いをせねば。

「丸伴屋さんの旦那さんが来れば、少なくとも善太郎さんが何しに来てたかはわかるわけだね」

欽兵衛が、それは良かったと言うと、喜十郎は「それで終わりじゃありやせんぜ」と釘を刺した。

「江戸に来た理由から、下手人を手繰らなきゃならねえんだ。先は長ぇや」

それはそうだ、と欽兵衛は嘆息した。喜十郎は、ちらりとお美羽を見た。その目付きで、ははぁ、とお美羽は察した。こうして調べの進み具合をわざわざ話しに来たのは、この一件がだいぶ難しいと見越して、いずれ手詰まりになりそうになったらお美羽の知恵を借りよう、と思っているからだ。こっちから頼み事をすると邪険にするくせに、相変わらず現金なもんだわ、とお美羽は苦笑した。

「ま、今はそんな様子だ。何か思い出したら、いつでも言ってくれ」

喜十郎はそれだけ言い置いて、帰って行った。


昼過ぎ、今度は寿々屋から使いが来た。宇吉郎が、またご足労願いたいという。長屋の買い取りを持ちかけられた件で呼ばれたのは、ほんの七日前だ。また何か起きたのか、とお美羽と欽兵衛は少し心配になって出向いた。

「ああ、度々お呼び立てしまして、済みません」

奥で待っていた宇吉郎は、いつも通り愛想よく挨拶した。が、お美羽は宇吉郎の顔色が、この前より冴えないことに気が付いた。それに、今日は番頭の宇兵衛も同席している。もともと堅苦しい顔の男だが、今日は一段と難しい顔に見えた。これはどうも良くない話のようだ、とお美羽は緊張した。

型通りの挨拶をしてから、お美羽は聞いた。

「あの、宇多之助さんのお店の方は、その後如何ですか」

「はい、おかげさまで、読売が出た時のように怒ったお客様が押し掛ける、ということは、その後はございません」

それは良うございました、とお美羽は言った。青木が命じた通り、木挽町の嘉吾郎が目を光らせてくれているのだろう。だが、すぐに宇吉郎は顔を曇らせた。

「ですが、客足はすっかり遠のいてしまいまして、売り上げは以前の半分にも届きません」

それは大変なことで、と欽兵衛も肩を落とした。売り上げが半減、とはかなり厳しい。

「それは旦那様もご心配でしょう」

宇吉郎は「恐れ入ります」と言ってから、珍しく躊躇うような様子を見せた。すると、その意を体したか、宇兵衛が口を開いた。

「実は若旦那様は、あちらの店で艶の雫をさらに大々的に売り出すおつもりだったようで、ご自身で借財をなすっていたのです」

総七郎と相談し、艶の雫をさらに改良して、手広く売るための準備をしていたらしい。宣伝し、販路を広げるための資金を、手当てしていたというのだ。

「その借財ですが、こちらの方には一言の相談もございませんで」

えっ、とお美羽と欽兵衛は同時に声を上げた。本店に知らせず、宇多之助の裁量で借りていたのか。宇吉郎たちには、寝耳に水だったようだ。

「いかほどか、お伺いしても？」

宇兵衛は宇吉郎の顔を窺った。軽い頷きが返り、宇兵衛が答えた。

「七百両でございます」

七百両。かなりの大金だが、寿々屋の身代なら難はあるまい。

「借入先は両替商の白河屋（しらかわや）さんですが、あの読売と店先での騒ぎを知って、艶の雫には先がないと見切られ、すぐに返済するよう迫られました」

「でも、本店で肩代わりなされば、白河屋さんも異存はないのでは」

寿々屋の信用があれば、どこの両替商でもそれで了承するはずだ。ところが、宇吉郎はかぶりを振った。

「時機が少々、悪いのです」

お美羽も欽兵衛も、その言葉に困惑した。

「時機、と申しますと」

「これはくれぐれもご内聞に願いたいのですが」

宇兵衛がそう前置きして、事情を話した。

「間もなく大奥で、上巳の節句の催しがございますが」

お美羽は「はい」と頷く。上巳の節句とは弥生三日の雛祭りのことで、大奥でも雛人形を飾り、菓子などが振る舞われ、様々な催しがあると聞く。大奥御用達の寿々屋も、毎年上等な小間物を用意しているはずだ。

「大奥の御広敷御用人様から、今年は寿々屋が一手に催しを取り仕切るように、という御沙汰がありまして、用意をしておりましたのです」

「まあ、大奥からそのような」

御広敷御用人については、前に山際から教えてもらったことがある。大奥の諸雑事を取り扱うお役目だ。そこから節句を取り仕切れと言って来たなら、要するに金を出せ、ということなのだろう。

「では、御用金のような格好でお金を?」

聞いてみると、宇兵衛は苦い顔で「左様です」と答えた。

「幾らなんですか」

欽兵衛が遠慮も忘れて尋ねた。宇兵衛は苦い顔のままで言った。

「二千両でございます」

お美羽と欽兵衛は、息を呑んだ。やっぱり大奥って、お金がかかるんだ。しかし、それを右から左に用意できる寿々屋も凄い。

「こう申しましては失礼ですが、やはりそれなりの見返りも？」

思い切って突っ込んでみると、宇吉郎は躊躇いもせず「はい」と返した。

「多くは申せませんが、催しの際にお買い上げいただく小間物の利だけでも、結構なものになります」

大奥であれば高価な品ほど売れるので、利幅も大きいのだ。

「ところが、先日急に、節句の催しは控えることになるやも知れぬ、とお知らせが」

「え、取り止めになるのですか」

驚いて聞き返すと、宇兵衛は「取り止めにはなりませんが、華美なことは一切控えるかも、ということで」と言い辛そうに答えた。

「巷(ちまた)では奢侈(しゃし)の禁令を破るものが増えているので、示しを付けようという話のようです」

はあ、とお美羽は生返事をした。それでは大奥で不満が出るだろうに。建前だけではないんだろうか。

「では、お納めした二千両も返されるのですね」

そう聞いた途端、宇兵衛の顔が一段と険しくなった。

「それがまだ、御沙汰がないのです」

「は？　催しが控えられたのに、ですか」

「はい。華美を理由に控えられては、手前どもの儲けはなくなってしまいます。それに加え、二千両が戻らなければ大変な痛手です」

幾らお上のこととはいえ、それは酷い、とお美羽は腹立たしく思った。まさかその二千両、うやむやにして他に使うつもりでは。だとすると、ほとんど詐欺だ。

「それは困ったことですな」

欽兵衛は、他人事のように言った。お美羽はつい、苛立った。お父っつぁん、もっと深刻に捉えてよ。もしかすると……。

「確かに困ったことです。詳しくは申せませんが、寿々屋では借り入れも貸し付けも、相当な額になっております。しかも今は、大奥だけでなく市中の皆様の雛祭りに合わせ、仕入れを増やしている時です。手元の金子は、決して多いとは言えません」

ああ、やはり、とお美羽は眉間に皺を寄せた。寿々屋の身代は、三万両を優に超えるはずだ。しかし、身代（資産）と日々の出入り（キャッシュフロー）とは別物なのである。長屋の会計を扱っているお美羽は、何となくだがそれを理解していた。

「そこへこの二千両と、支店の七百両です。これは寿々屋としても相当に厳しい。節季の締めに手元の金子が、不足しかねないのです」

なんと、とさすがに欽兵衛も青くなった。

「まさか、寿々屋さんほどのお店が」

「いろいろなことが重なると、そういうこともあるのが商いです」

宇吉郎は、達観したように言った。その一方で、宇兵衛は済まなそうに欽兵衛を見る。

「そういう事情ですので、寿々屋としましても、急ぎ金子を調達しておかねばならなくなりました」

「では、借り入れなさるのですか」

欽兵衛はまだよくわかっていないようだ。宇兵衛は俯き加減になる。

「艶の雫のことが広まりつつありまして、取引のあるお店は手前どもへの貸付に慎重になっております。あまり強く借り入れを求めると、悪い噂が立ちそうなのです」

　ここでようやく欽兵衛も気が付き、うろたえながら聞いた。

「あの、まさか入舟長屋を」

　宇兵衛と宇吉郎は顔を見合わせ、本当に申し訳ないと揃って頭を下げた。

「決まったわけではありませんが、それを考えざるを得ない、という事情でございまして」

　そんな、と呆然とする欽兵衛に代わり、お美羽が聞いた。

「お相手は、田村屋さんですか」

「いえ、実はもうお一方からも、買いたいという申し出がございます」

　田村屋以外にも買い手が？　お美羽は「どなたです」とすぐに尋ねた。

「土地建物の売り買いをなすっている、常葉屋(ときわや)重兵衛(じゅうべえ)さんという方です。お店は、芝口(しばぐち)の方で」

聞いたことのない店だ。何者だろうか。

「その常葉屋さんに、お売りになるのですか」

「いえ、まだ決めてはおりません。常葉屋さんがどういうお方か、手前どもも良く存じませんので」

相手方をもう少し見極めたい、ということだ。本当に売るのなら、相手方についてはできるだけよく調べて、真っ当な人に売ってもらわねば。お美羽は、自分でも調べてみようと思った。何と言っても、自分の長屋のことなのだから。

「ただ、常葉屋さんは相場よりも高値で買ってもいい、とのお申し出でして」

田村屋の提示した額より高いわけか。それもあって、迷っているようだ。

「お幾らか、伺ってもよろしいですか」

はい、と宇兵衛は頷き、「四百両です」と答えた。

「それは確かに、高いですね」

お美羽も土地の相場に詳しいわけではないが、百坪余りの入舟長屋なら、三百両というところだろう。無論、大川の向こう側ならもっと高くなるが、三割増しとは気前が良過ぎる気がする。どうしても手に入れたい事情でもあるのだろうか。

「田村屋さんの言い値はいかほどですか」

「三百四十両です」

　こちらも相場より高いが、常葉屋よりは理に適っている。だがお美羽は、充治の騙し討ちのようなやり方にまだ憤っていた。

「その……いつ頃お決めになるのですか」

「月末までには、どうするか決めたいと思います。引き渡しは、早くて皐月頃かと」

　あと三月、と聞いて実感が湧いたのだろう。欽兵衛はすっかり気落ちしてしまった。無理もない。

「でも、長屋の皆さんのお住まいについては、こちらで何とかさせていただきます。欽兵衛さんとお美羽さんには、他の長屋を見て頂くことで考えております」

　寿々屋の持っている長屋は他にもあり、大家が高齢で跡継ぎもないところがあるという。入舟長屋より小さいが、そこをお願いするつもりだと宇吉郎は言った。欽兵衛は、ありがとうございますと礼を述べたが、表情は沈鬱なままだった。

寿々屋を出た二人は、「とぼとぼ」という言い方がぴったりな足取りで、帰り道を辿った。竪川を吹き抜ける風が、今日は一段と冷たく感じられる。

「まさか、こんなことになるとはねえ」

欽兵衛が、ぼそっと言った。突然、自分たちの暮らしの足元が崩れてしまったのだ。江戸の長屋では住まいを転々と変わるのは珍しいことではないが、大家である欽兵衛は、入舟長屋が建ったときから住んでいる。落ち込むな、と言う方が無理だろう。

「繰り言を言っても始まらないわ。それより、長屋のみんなにどう話すかよ」

それは欽兵衛とお美羽がやらなくてはならない。考えるだけで気が重かった。

「今日は無理だよ。落ち着いて話ができる気がしない」

もっともだ。こんな暗い顔で話をしたら、長屋のみんなをより一層不安にさせてしまう。

「そうね。話が決まる月末まで待った方がいいかも」

決まる前だと、思い止まらせようと寿々屋に押しかける住人が出ないとも限らない。そんなことになって、寿々屋に迷惑をかけるわけにはいかない。

「私もその間に、常葉屋さんと田村屋さんのことを調べてみる」

お美羽は自らを鼓舞するように言った。普段なら「嫁入り前の娘がまたそんなことを」と苦言を呈する欽兵衛だが、今日は「そうかい」とぼんやり呟いただけだった。

七

調べてみる、とは言ったものの、田村屋はともかく常葉屋については、特に当てはなかった。店は芝口と宇兵衛が言っていたが、芝口のどこか、まではわからない。お美羽は翌日手の空いた時、芝口まで行ってみることにした。

芝口は日本橋通りを南に行き、芝口橋でお堀を渡ったところで東西南北にそれぞれ五町ばかり延びていて、結構広い。一丁目から三丁目まであって、それぞれ日本橋通りの西側と東側に分かれていた。そこそこ賑やかで、家数は何百軒もありそうだ。これは手間だな、と思いつつ、一丁目の東側から順に歩いて見て行った。

表店に掲げられた看板を一つずつ確かめて行くが、常葉屋という屋号は見つからない。三丁目まで行って戻り、一丁目の西側に入った。四百両出して土地を買おうというのだから、結構な大店だろう。目に付かないはずはないのだが、宇兵衛の記憶違いだろうか。

西隣の二葉町まで行って引き返した時、ふと足を止めた。今通り過ぎた家を振り返る。間口三間ほどの二階家で、戸を開けて暖簾を出したりはしていないが、その代わり戸口の横に縦長の板がぶら下がっていて、そこに「常葉屋」と書かれていた。どうやらここらしい。

お美羽はその家の前に立ってみた。間口に比べ、奥行きはありそうだ。商いをしている感じではないが、売り買いするのが土地や建物なら、店先に品物を並べるわけでもないから、派手な店構えは必要ないのだろう。土地建物の売買を仲介するのは専門の口入屋だが、常葉屋もその類いだろうか。

じっと立って見ていると不審がられそうなので、お美羽は辺りを見回した。生憎、常葉屋を見張れそうな飯屋や茶店の類いはない。まあ、見張って何をする、というはっきりした考えがあるわけでもないので、お美羽は諦めて日本橋通りへ戻った。

芝口橋を越えた時、反対側から歩いて来る羽織姿の中年の男に目が留まった。二人ばかり、供を連れている。見かけは商人風だが、何となく強面な感じがした。目付きも何だか狡賢そうで、見覚えがあるような……。

すれ違って、お美羽はぎくりとした。思い出した。丸伴屋が潰れた時、野次馬に交じって丸伴屋の表に来ていた怪しげな男だ。お美羽は三人をやり過ごすと、さっと向きを変えて後を追った。

三人は、芝口橋を渡って右に折れた。お美羽は五間ほど間を置いて、ついて行く。三人はしばらく進むと、右手の並びにある家に入った。それを見たお美羽は、やはりと内心で頷く。連中が入ったのは、まさしく常葉屋だった。

芝口を出て北へと戻りながら、お美羽はずっと考えていた。あのがっしりした羽織姿の男が、常葉屋重兵衛に違いあるまい。重兵衛は去年、何を思って丸伴屋の前に来たのか。入舟長屋を買いに来たのだから、隣の丸伴屋も買いたいと思っていたというのなら、それはわかる。だが丸伴屋が潰れた時、土地建物は田村屋の手に渡った。重兵衛がそこを欲しがっていたなら、あの時丸伴屋の前で見せた、満足げな表情は何だったのだろう。田村屋から買い取る当てがあったのか。いや、田村屋は入舟長屋の買い取りにも手を挙げている。とすれば、田村屋と常葉屋は商売敵のような間柄になるのでは？

どうもよくわからない、とお美羽は首を振った。そもそも、二軒の店が手を伸ばすほど、丸伴屋と入舟長屋の土地に値打ちがあるとは、思えない。まして常葉屋は、相場より三割も高く買おうとしている。地面が弱いのはわかっているだろうから、逆に買い叩こうとしてもおかしくないのに。田村屋と張り合うための値付けなら、そうまでして手に入れたい理由があるはずだが。

（この前の柳島の家の騒動みたいに、お宝が埋まってると思ってんじゃないでしょうね）

あれはまさしく空騒ぎだった。入舟長屋の土地は元は堀だったのだから、何か埋まっているとはおよそ考えられない。お宝を積んだ船が沈んで、そのまま埋まった？　いや、遠い海の島ならともかく、江戸の真ん中でそんなことあるわけがない。船が沈んだら、その場で引き上げるに決まっている。

あれこれ考えを彷徨わせるうちに、京橋が見えて来た。せっかくなので、ちょっと道をそれて南紺屋町を覗いてみた。

宇多之助の店は開いていたが、閑古鳥が鳴いていた。前を通る客は見向きもしないか、通り過ぎざまに顔を寄せてひそひそと囁いている。表で客を呼び込む手代の姿も見えなかった。代わりに、路地から店を窺っている木挽町の嘉吾郎の姿が見えた。毎日、見回りがてら寄っているのだろう。文句を言いに来る客を寄せ付けないのは有難いが、岡っ引きが目を光らせているとなると、普通の客も遠ざけてしまうのではないか。

お美羽は嘆息し、踵（きびす）を返そうとして、そうだと思い付いた。そのまま嘉吾郎に駆け寄り、声をかける。

「うん？　何だ、お美羽さんとか言ったな。何の用だ」

嘉吾郎は胡散臭いものを見るような、且つ迷惑そうな視線を向けてきた。

「お役目ご苦労様です。あの、青木様は今日はどちらに」

嘉吾郎は、そっちこそ旦那と親しいから知ってんじゃねえのか、とばかりに嫌な顔をした。さすがに青木の情婦などとは思っていないだろうが、やはり素人娘が首を突っ込むのは気に食わないに違いない。まあそれでも、今時分なら両国界隈じゃねえか、と教えてくれた。

お美羽は礼を言って、すぐ両国へ向かった。常葉屋についての話を聞くのに、最もふさわしい相手がいたのを忘れていたのだ。

両国広小路に着いた時は、九ツ（正午頃）を過ぎていた。この近くには、青木が贔屓にしている蕎麦屋がある。お美羽は迷わず、そこへ向かった。

案の定、青木は店の奥の板敷きで一人で蕎麦を手繰っていた。お美羽は遠慮なしにそこへ入って、ぺたんと向かいに座った。青木が驚いたように眉を上げる。

「何だ、こっちは昼飯の最中だぞ」

「済みません。ご一緒してよろしいですか」

出て行けとも言えず、青木は渋々といった様子で頷く。お美羽はにっこりして、茶を運んで来た店主に笊を一枚注文し、代金を払った。

「善太郎殺しの件か」

青木が睨むようにして聞いた。

「いえ、別のことです」

お美羽は前置きを飛ばして早速尋ねた。

「芝口の常葉屋さんを、ご存じですか」

青木の眉が上がる。

「どうして常葉屋のことを」

お美羽は、常葉屋と田村屋が入舟長屋を買いたいと持ちかけている話をした。青木もそれは知らなかったようだ。一気に蕎麦を啜り上げて、箸を置いた。

「常葉屋重兵衛か。あの野郎、何を企んでやがるんだ」

その口調からすると、青木は常葉屋を良くは思っていないようだ。

「どんなお人なんですか」

青木は探るようにお美羽を見返していたが、やがて口を開いた。

「土地の口入屋のようなことをやってる。時には自分で買った土地に建物を建てて、貸したり売ったりを繰り返してる」

「一応は、家主さんなわけですね」

「ああ。しかし、あくまで金儲けのために転がしてる。こっちとしちゃ、面白くねえ商売だ。だから沽券を持ってても、町役なんかにゃなれねえし、家主にかかる賦役も金で済ましたり、うまく逃れてる」

沽券は土地の売り買いを証する証文で、その土地を持っている証しになる。常葉屋は、それを右から左へ流しては儲けを得るのが生業のようだ。

「評判は、どうなんですか」

「良いとは世辞にも言えねえ」

一刀両断、という風に青木は言った。

「これはと狙ったものは、少々強引な手を使ってでも手に入れる。見てくれだけ整えた安普請の家を、高値で売ったり貸したりすることもある。裏でもっとあくどいことをやってるって噂もあるしな」

「強引、というのは、脅しとか嫌がらせですか」

まあ、そんなようなものだ、と青木は認めた。

「お奉行所は、そんな奴に好き勝手をさせておくんですか」

つい腹が立って、言ってしまった。青木は嫌な顔をする。

「御定法（ごじょうほう）ぎりぎりで立ち回ってやがるからな。易々と尻尾は出さねえや」

言ったものの、青木も苛立ちを見せている。常葉屋には、後ろ盾がいるのかもしれない。

「しかしあの野郎、なんで入舟長屋に目を付けたんだ」

青木も、お美羽と同じ疑問が浮かんだようだ。

「わかりません。でも、強引なことをする奴なら、長屋に何か仕掛けてきたりしないでしょうか」

「長屋の連中に嫌がらせ、って心配か。ふむ」

売るかどうかは寿々屋が決めることだし、住人をみんな追い出して売るように仕向ける、というのはあるかもしれねえな、と青木は言った。

「だが相場の三割も色を付けて買おうってんだ。急いでるんだろう。手間のかかることはしねえかもな」

そう言われて少し安心しかけたが、青木は釘を刺した。

「だから手を出してこねえとも言えん。寧ろ、一気に片付けようと火をかけることだって考えられる」

「そんな酷い」

入舟長屋は一度、付け火の被害に遭いかけている。お美羽は思い出してぞっとした。

「まあ、付け火は重罪だ。そこまで危ない橋を渡ることは、さすがにしねえだろう」

お美羽の顔色を見た青木が、宥めるように言った。お美羽は顔を強張らせ、「気を付けておきます」と言った。お美羽としては、長屋の連中に難儀が降りかかることが最も気がかりなのだ。

「それで、田村屋の方も話を持ちかけていると言ったな。丸伴屋と入舟長屋の土地を合わせて、何か建物を建てて貸すという話か」

「ああ、はい、そんなことのようです」

ふうん、と青木は小首を傾げた。

「そういうのは、常葉屋が手掛けるやり方だ。材木屋の田村屋が、何でそんな気になったのかな」

本当なら、常葉屋と田村屋は真っ向からぶつかるな、と青木は眉根を寄せた。

「常葉屋さんは、田村屋さんにこの一件を譲るよう持ちかけてはいないでしょうか」

「考えられるが、俺の耳には入っちゃいねえな」

青木はそれだけ言って、お美羽の顔を見た。知りたきゃ自分で調べろ、とその目が言っている。そこへ、「お待ちどおさま」とお美羽の頼んだ笊蕎麦が届いた。青木はそれを潮に、「じゃあな」と座を立って店から出て行った。お美羽は「お邪魔をいたしました」と見送ると、急いで蕎麦に箸を付けた。次にやることは、これで決まった。

深川の木場では、十万坪はあると言われる広大な地に材木が貯められ、四方に通された掘割を使って、大勢の川並人足たちが筏に組んだ材木を始終出入りさせている。界隈には材木商の大店が軒を連ねており、島田町の一角を占める田村屋も、その中の一軒である。

お美羽は店の向かいに流れる三十間川を背にして立ち、田村屋の表の様子を眺めていた。店の間口は十二間ほどで、商人や大工の棟梁らしい客が、間を置かずに何人も出入りしている。並んで立てかけられた材木の間から路地の奥を覗くと、裏手では人足たちが忙しく立ち働いているようだ。なかなか活気のある店だった。

ここに立っていると、ちょっと居心地が悪かった。若い娘が用のある町ではないので、店の下働きなどには見えないお美羽は、どうしても目立つのだ。通りかかった川並人足が、好色そうな目を向けて笑いかけたのも気に入らなかった。

どうしたもんかな、とお美羽は考えた。とにかく田村屋を見てみよう、と来たのだが、その後については決めていなかった。充治に会いたい、と店に押しかけるのは、さすがに躊躇われた。

そのまま四半刻も経ってしまい、さすがに出直した方がいいか、と思った時、暖簾を分けて立派な身なりの侍が出て来た。どこかの家中の偉い人だろうか、と目を向けると、その後に続いて充治が出て来た。見送りらしい。

充治は、去っていく侍の後ろ姿に向かって深々と頭を下げた。そして頭を上げた刹那、お美羽と目が合った。

しまった、と思ったが仕方がない。充治も驚いたようで、しばしの間、互いに見つめ合う格好になってしまった。これは挨拶しないわけにはいかない。だが動いたのは、充治の方が早かった。微笑みを浮かべ、お美羽の方に歩いて来て向き合うと、腰を折った。

「これは入舟長屋のお美羽さん。手前どもにご用でしょうか」

用向きを聞かれ、お美羽はどう言ったものかと迷った。だがこうなっては、誤魔化す必要もないだろう。

「長屋を買いたいとおっしゃっていることについてです」

あ、と充治は額に手を当て、決まり悪そうな表情になった。

「お聞きになっていましたか」

「はい。あれはどういうことでしょう」

お美羽は正面から充治を睨むようにして言った。充治はどぎまぎしていたが、やがて腹を決めたように頷くと、「ここでは何ですから、どうぞ店の方へ」とお美羽を誘った。もう引き返すわけにはいかない。何を聞かされるのかと不安になりつつも、お美羽は充治に従って店に入った。


奥の座敷に通され、お美羽は充治と向き合って座った。茶が出たが、充治の父である田村屋の主人が出てくる気配はない。番頭も来ない。二人だけの話になるようだ。お美羽は緊張した。さて、どこから始めようか。

「あの……」

口を開いた途端、充治が畳に両手をついた。お美羽はびっくりして、言葉を呑み込んだ。

「申し訳ありません。欽兵衛さんやお美羽さんを騙すような格好になってしまい、お詫びいたします」

まさにそう言って責めようと思っていたのが先に下手に出られ、お美羽は当惑した。

「騙すというのはその、うちへ挨拶に見えた時、長屋を買う話をおくびにも出さなかったことですか」

「そうです。でも、誓って申しますが、お美羽さんのところに伺った時は、まだそんなことは考えてもいなかったのです」

「は？ 考えていなかった、と」

意外な話に、お美羽は急いで記憶を辿る。宇吉郎から充治の申し出について聞いたのは、充治がお美羽のところに来た二日後だった。つまり、充治はお美羽の家に来た翌日、宇吉郎に買い取りの話をしているのだ。たった一日で、話が変わったというのか。

ご不審はごもっともです、と充治は言った。

「お美羽さんのところから帰った後、番頭から、留守の間に常葉屋さんが来ていたと聞きました。丸伴屋さんの土地建物をうちが引き取ったと聞いて、譲ってほしいと言ってきたのです」

「常葉屋さんが？」

やはり、田村屋に声をかけていたのか。

「常葉屋さんについて、ご存じでしょうか」

「寿々屋さんに入舟長屋を売ってほしいと持ちかけておられますね」

「ええ。入舟長屋と丸伴屋の土地を、まとめて手に入れたがっているのです。常葉屋さんの評判は、耳にしておられますか」

はい、とお美羽は青木から聞いた話をそのまま告げた。

「そこまでご承知で。恐れ入りました」

充治は感心したように頷いた。

「私も常葉屋さんの悪い噂は、承知しておりました。それで、きっとまたこの土地を使って良からぬことを企んでいるのだろう、と思いまして」

「良からぬこと、と申しますと、何か思い当たることが？」

「はい。お調べになればわかりますが、常葉屋さんは、岡場所や出合茶屋のような風紀の良くないものを何度か作って、ご近所と揉め事を起こしております」

「え、そんなことまで生業にしているのですか」

「自身でやることもありますが、そうした店をやるやくざ紛いの連中と裏で繋がっていまして、売るか貸すかして、専らその連中が商売する場を提供するわけです。近所迷惑だと文句を言うと、強面が黙らせに行く、といった次第で」

うわあ、とお美羽は呻いた。青木の言いかけた、裏でもっとあくどいこと、というのはこのことか。聞いた話より、さらに悪いではないか。

「そんな連中がうちの長屋を手に入れようなんて」

つい憤ると、おっしゃる通りですと充治は大きく頷いた。

「もとより、うちはあんな連中に土地を売る気はありません。ですが放っておくと、強引なやり方で丸伴屋さんの跡地とお美羽さんの長屋を買い取ろうとするかもしれません。そこで急いで考えて、うちで両方とも押さえてしまおうと決めたのです」

お美羽は驚いて目を丸くした。

「では、常葉屋さんの企みを潰すために、ご自身でお金を出して買おうとなすったのですか」

「左様です。勢いでやってしまったところもあって、少々恥ずかしいのですが」

照れたように頭を掻いてから、充治は済まなそうに言った。

「それでも大金を出す以上、うちも商いにしなければなりません。長屋をそのまま引き継ぐ、というわけにもいかず、小口の材を売る商いは当面棚上げにして、新しい家作を建てて利を得る策を、大急ぎでまとめました。結果として入舟長屋を潰す格好になってしまうので、そこは大変心苦しくて」

皆さんの新しい住まいは、何軒かは少し離れますが、こちらで用意させていただくよう考えております、とも、充治は言った。

「聞けば堀を埋めてさほど長く経っていないせいか、地面が緩いとか。新しくご用意できる場所は地面もしっかりしていますから、大変勝手な言い分ですが、建て直されるよりはよろしいのでは、と」

うーんとお美羽は考え込んだ。確かに、悪い話ではないのかもしれない。

「事が成りましたら、本当のところを詳しくお話しするつもりでした。もっと早くにお話しすべきでしたね。浅はかで、申し訳ございません」

「いえ、うちの方はいいのですが」

お美羽は充治の詫びを受け入れたものの、頷けずに言った。

「寿々屋さんに買い取りのことをお話しする際、今お聞きしたことをお伝えすべきだったのではございませんか」

そうしていれば、宇吉郎も常葉屋の申し出があった時に即座に断り、然るべき手を打っていただろう。充治もそれは承知しているらしく、困った顔になった。

「おっしゃる通りです。ただ、常葉屋さんの企みについてはこちらが先走っただけで、何をする気なのか証しもありませんし、事を表沙汰にして荒立てるのは、いささか」

充治は、おずおずと言った。それで躊躇したというのは、ちょっと得心できないところもあった。

「こう申しては何ですが、そもそもどうして、うちの長屋のためにそこまで」

充治が常葉屋の企みを疑っていると話したら、宇吉郎もそれを問うただろう。充治は、急に落ち着かなくなった。

「ええ、その、無論入舟長屋のことだけでなく、ご近所のことも考えまして……常葉屋さんのやるようなことを、野放しにするのも、と……」

言っていることはわかるが、どうも歯切れが悪い。お美羽は、じっと充治を見つめた。充治は居心地悪そうに目を泳がせた。お美羽はそのまま待った。

やがて充治は、はあっと大きく溜息をついた。

「わかりました。実はその……」

充治はどうしたことか、上目遣いにお美羽を見た。そして小声になって言った。

「お、お美羽さんが心配で……」

は？　私のこと？　驚いて目を瞬くと、充治は真っ赤になった。

「その、一目見た時から……いえ、こんな綺麗な方が、常葉屋なんかのせいで辛い目に遭ったりしたら、と思うと矢も楯もたまらなくなりまして……」

充治はそれっきり、俯いてしまった。今度はお美羽が真っ赤になった。何これ、そういうことなの？　私のために？　そりゃあ、寿々屋さんに言えないわけだ。

「で、でもそんな申し訳ないこと……旦那様は、お父様はご承知なのでしょうか」

「父は一昨年の初めから臥せっておりまして、今は店のことは、全て私が決めております」

「あ、そうなのですか」

充治の一存で、この大店を動かしていたのか。まだ若いのに、大したものだ。

「あの、もしや充治さんは、まだ……」

つい聞いてしまった。充治は、はにかむような笑みで答えた。

「独り身です。父が倒れてから、そんな暇もなくて」

わあ、これって、まさかまさか？　お美羽の頭から、もともとの用事が飛んでしまった。

八

半ば夢見心地で、北森下町へ帰った。何だか足元が、ふわふわする。

「お父っつぁん、ただいまぁ」

ついちょっと弾んだような声を出して、家に入った。

「ああお美羽、お帰り」

座敷から欽兵衛の声がした。誰か来ているようだ。表の三和土にうちのものでない履物はなかったので、縁側から入った長屋の誰かだろう。

座敷を覗いてみると、欽兵衛と向き合っているのは山際だった。

「丁度良かった。お前も聞いてくれ」

欽兵衛が言うので、お美羽もそこに座った。

「山際さん、どうかなすったんですか」

山際は、いつもより難しい顔で答えた。

「欽兵衛さんに話していたんだが、どうもこの長屋の周りで、こっちをしきりに窺っている連中がいるんだ」

それを聞いて、浮(うわ)ついていた気分が消えた。

「どんな奴です。この前言っていた、若い男ですか」

「いや、全く違う。どちらかと言えば、やくざ者かそれに近いようだ。三人ほどいた」

「盗人に狙われる長屋じゃあないが、例の話があるから」

欽兵衛が山際に目をやりながら言ったので、長屋を売るという話を山際に伝えてあるのがわかった。

「揉めているわけでもないのに、売り買いに関わってやくざ者が出て来るとも思えないが」

山際が言った。だがお美羽は、すぐに思い当たった。

「それが、そうでもないんですよ」

お美羽は常葉屋について聞き込んだ話を披露した。田村屋がそれに抗しようとしていることも。

「何だって。常葉屋というのは、そんなに悪い奴なのかい」

欽兵衛は、目を剝いた。

「土地に絡んで、そんなことで儲ける輩がいるのか」

山際も驚きを見せる。

「では単純に言うと、田村屋が善玉で常葉屋が悪玉というわけだ」

「はい。青木様も心配していましたが、住んでいる人を早く立ち退かせるために、嫌がらせをしてくることもあり得るという話です」

「そのために、今は様子を窺っているんだろうな」

山際が、それでわかったとばかりに言った。

「そんな連中にここを売るわけにはいくまい」

「当然です。お美羽、その話はすぐに寿々屋の旦那さんの耳に入れないと」

「はい。これから行ってきます」

立ち上がろうとすると、山際も膝を立てた。

「私も行こう。怪しげな奴がまだいるようなら、危ないかもしれん」

お願いいたします、と強張った顔で欽兵衛が言った。

木戸から通りへ出てみると、何やら騒ぎが起きていた。隣の家の前で、五人ほどが揉めている。うち二人は、万太郎と菊造だった。何故か傍らに、お糸が立っている。肩が震えているようだ。

「ちょっと、いったい何事なの」

お美羽が声をかけると、お糸がびくっとしてこちらを向き、お美羽と山際の姿を見て駆け寄って来た。

「ああ、良かった。怖かった」

お糸は安堵してか泣きそうな顔になっている。

「あの人たちに、ちょっかいかけられて」

お糸は菊造たちと揉めている三人の男を指した。身なりはちゃんとしているが、いずれも堅気には見えない。ここは任せて家へ、とお美羽はお糸を庇うようにして下がらせた。お糸は「済みません」と礼をして、逃げ込むように家に入った。

「様子を窺っていた怪しいのって、あいつらですか」

確かめるまでもなさそうだ。山際は「やっぱりまだいたか」と舌打ちした。「うちの長屋のもんに、何しやがんでぇ」「とっとと消えねえと、痛い目を見るぞ」などと菊造たちが怒鳴っているが、どうも及び腰のようで、迫力を欠いている。相手の男たちは、動じるどころかせせら笑っていた。

「おいおい、喧嘩ならやめておけ」

山際が前に進み出た。すると、三人組の兄貴分らしいのがニヤニヤしながら「喧嘩じゃありやせんよ」と言った。

「こいつらが、勝手に難癖を付けてきたんで」

菊造と万太郎を指したので、菊造が真っ赤になった。

「何言いやがる。てめえらが、お糸ちゃんにちょっかいを出すからだ」

「別嬪が通りかかったから声をかけてみた。男なら誰だってやるだろ」

　三人組は、悪びれることなくまだ笑っている。

「お糸ちゃんは、他人のかみさんだぞ。怖がってたじゃねえか」

「そりゃあ、悪かったな」

　全く悪いと思っていない顔で、三人の一人が言った。何を、と憤慨する菊造を抑えて、山際が言った。

「とにかく、長屋の前で揉め事は困る。帰ってもらおう」

　だが三人は動かず、肩を竦めた。

「帰れったってねえ、旦那。あっしらは、ここにいるんで」

　兄貴分らしい男が、入舟長屋の隣の家を指した。

「ここにって、どういうこと」

　お美羽は思わず聞いた。そこは以前は小さな酒屋だったが、店主が歳を取ったので店を閉め、今は老夫婦だけで暮らしている。そう言えば一昨日から二人の姿を見ていない。

「だから、ここを買ったんですよ。借りて住んでた爺さんと婆さんは、一昨日の晩に出てってもらった」

買った？　この家の家主は、確か両国橋の向こうの橘町にある乾物屋だ。そこから買い取ったというのか。だが、そんなことをしそうな心当たりが一つある。

「あんたたち、常葉屋に雇われてるの？」

兄貴分の眉が動いた。だが返事はせず、薄ら笑いを浮かべたまま、三人は隣家に入って行った。

「どうなってんだい、こりゃあ」

菊造と万太郎は、事情が呑み込めない様子で目をぱちくりさせている。菊造たちにまだ常葉屋のことを話すわけにはいかないので、お美羽は取り敢えずは大丈夫、こっちに任せておいてと二人を帰らせた。菊造はしきりに首を捻っていたが、実は喧嘩には自信がない男だ。おとなしく引き上げた。

「これは、思ったより話が進んでいるのかもしれんな」

山際が懸念を示した。お美羽も少し驚いている。

「常葉屋は、北森下町を丸ごと買い占める気ですかね」

そんなことをしたら、千両以上の金がかかる。いったい何を始めるつもりだろう。

「この町内の他の土地は、全部寿々屋さんのものだったかな」

「ええ、反対隣の長屋とその向こう側の桶屋さんは、寿々屋さんの持ち物です」

もともとは、ここにあった入り堀を荷の出し入れに使っていた石屋と材木屋を兼ねた店の土地だったが、潰れた時に寿々屋の先代が縁あって頼まれ、買い取ったのである。

「何か大掛かりな企みでもあるんでしょうか。気になりますね」

寿々屋に急ぎましょう、とお美羽が山際を促して通りの北の方を向いた時、十間ばかり先の天水桶の陰から、こっちを見ている若い男に気が付いた。向こうも同時に気付いたようだ。桶の陰から飛び出すように出てくると、背を向けて急ぎ足で角を東の方に曲がった。

「おや、あの男は」

山際も男の姿を捉えたようだ。ふむ、と眉をひそめている。その様子を見て、お美羽が問いかけた。

「知っている人ですか」

「うん。六日前に入舟長屋の様子を窺っていた男だ」

えっ、と驚いたお美羽は、男が曲がった角に走った。だが、とっくにその姿は消えていた。残念、とお美羽は悔やむ。

「何者かな。常葉屋の手先とは違うような気がするが」

「ええ、そんな感じですね」

寧ろ、常葉屋の手下たちの動きを見張っていたようにも見えた。

「それに……」

お美羽は首を捻りつつ、呟くように言った。

「何だかあの男、ずっと前に見たことがあるような気がするんです」

「そうですか。常葉屋さんについて、調べていただいたんですか」

寿々屋宇吉郎は、話を聞いてお美羽に労(ねぎら)いつつ礼を述べた。

「実は手前の方でも、常葉屋さんについてはいろいろと探らせていたのですが、お美羽さんのお話の方が詳しいようだ。さすがですな」

いえ、そんなとお美羽は首を振る。

「でも、入舟長屋のお隣を手に入れたというのは、とても気になります」

そうですな、と大概のことには動じない宇吉郎も、顔を曇らせた。

「いずれ、あの周りでうちが持っている土地建物全部、買い取りたいと言って来るかもしれませんな」

「常葉屋がそれだけの土地を手に入れて何をするつもりか、寿々屋さんにお考えはありますかな」

山際が聞くと、宇吉郎はかぶりを振った。

「今のところは、何とも。しかし、そこまで買い付けるとなると相当な出費です。それだけの値打ちがある、と考えたならば、余程大きなことでしょうな」

宇吉郎は腕組みをすると、さらに思案するように言った。

「ただ、常葉屋さんについて調べた限りでは、お一人でそのような仕掛けができるようには思えないのです」

なるほど、とお美羽も思った。店構えを見ただけで決めつけるのは短慮だが、千両を超えるであろう資金を常葉屋が単独で用意できるとは、考え難かった。

「誰か後ろにいる、ということですかな」

山際も察して言った。

「証しは何もございませんが」

宇吉郎は控え目に言ったが、抜け目ない宇吉郎のことだ。誰かに常葉屋の周りを探らせるよう、手を打っているに違いない。

「僭越で恐縮だが、こうなると常葉屋に申し出通りに入舟長屋を売る、というのはいかがなものかと存ずるが」

差し出口とも取れる山際の言葉だったが、宇吉郎が不快な顔をすることはなかった。

「おっしゃる通りです。売るとすれば、やはり田村屋さんの方が望ましいでしょう」

売値は下がるが、宇吉郎は他の物件の処分も考えているのかもしれない。でないと、二千七百両に対する手当としては少な過ぎる。それでも山際が心配するまでもなく、宇吉郎の気性なら常葉屋に売ることはまずないだろう。

「それにしても、どうして常葉屋はうちに目を付けたのでしょう。他と違う何か良いことがある、とも思えないんですが」

お美羽はまだその辺が得心できなかった。そうですな、と宇吉郎も首を傾げる。

「強いて違うところと言えば、入り堀を埋めた、というくらいでしょうか」

だがそれは、入舟長屋が歪んだことで証明されたように、地面が弱いので利点にはならない。

「入り堀を埋めたところは、珍しいのかな。他にもありそうに思うが」

江戸にはまださほど詳しくない山際が言った。無論、ございますよと宇吉郎が答える。

「江戸にはたくさんの水路がございますからな。それを使って荷を運ぶことで、江戸の町の商いは栄え、これほどに賑わうようになったのです。でも賑わいが増すと店や家を建てる場所が足りなくなり、あまり使われていない堀を埋めて、使える土地を増やしていきました」

百年以上前は堀だった町は、幾つもあるそうだ。入舟長屋の土地が埋め立てられたのは、その中では最も新しい方だという。

「そもそも、江戸の半分くらいは海や川の埋め立てでできた土地ですから」

ああ、そうかと山際が膝を打った。

「埋め立てた地なら、井戸を掘っても真水は出ない。だからこれほどの規模の水道を引いたのですな」

江戸に来たばかりの時、山際も千江もしきりに感心していたのだが、江戸の町々にある井戸の水は、何里にもわたって掘られた水路と町の地面の下に通した水道を使って、武蔵野の奥から引いているのだ。考えてみれば凄いことだとお美羽も思う。

「しかしそれなら、堀を埋めた土地、ということが値打ちになるはずはないな」

宇吉郎も山際もお美羽も、唸ったきり答えを出せなかった。

その日の夕餉は、いつもより遅くなっただけでなく、ずいぶんと気鬱なものになってしまった。料理に身が入らなかったので、煮物はいつもより味が薄く、焼き魚は焦げている。なのに欽兵衛は味もよくわからない様子で、ただ黙々と箸を運んでいた。

夜もよく眠れなかったし、朝になっても掃除や洗濯を頑張ろうという気が湧かない。お美羽はしばらく悶々としてから、思い立って木場の方へ行った。

深川島田町は、朝から川並人足や材木商の店の者たちが大勢行き交い、活況を呈していた。お美羽は、また自分が場違いなのを感じつつ、田村屋の前まで来た。だがそこで躊躇う。正面から案内を請うていいんだろうか。土地建物の売り買いのようなことに、商人でも町役でもない若い女が首を突っ込むことを、どう思われるだろうか。昨日みたいに、充治がたまたま出て来て招じ入れてくれたらいいんだけど。

余程行いがいいのか、間もなく願いは叶った。暖簾を分けて、充治が人足頭らしいのと何やら話しながら出て来たのだ。お美羽はぱっと明るい笑みを浮かべる。すると、気配に気付いた充治がこちらを向いた。充治の顔に、ちょっとした驚きが浮かぶ。

「ああ、お美羽さんじゃありませんか」

おはようございます、と一礼すると、充治は人足頭に何やら指図して裏の方へ行かせた。それから笑みを浮かべ、お美羽に近付いた。優し気で甘い笑み。お美羽は、自分でわかるほど上気してしまった。

「昨日に続いてのお越しですね。もしかして、私に会いに？」

そう聞いた充治の顔も、ほんのり赤くなった気がした。

「は、はい。あの、常葉屋さんのことでご相談が」

用件が無粋なのが残念だ。充治は真顔になると、「どうぞ奥へ」とお美羽を案内した。

「さあ、こちらです」

奥の座敷に着き、充治が入るように手で誘う。その時、お美羽の手に充治の手が触れた。どきりとして、固まりかける。充治が気付いて慌てて手を引き、照れたような笑みを見せた。思わずぽうっとして、目を伏せながらどうにか座る。向かいに腰を下ろした充治が、咳払いした。

「ええと、今日はその、だいぶ暖かいですね」

充治は赤くなった顔を誤魔化すかのように、額を拭った。お美羽はくすっと笑って、「はい、大変いいお日和です」と返した。何だか、見合いでもしているみたいだ。

二言三言、当たり障りのない言葉を交わしてから、充治が言った。

「あの、常葉屋さんのことでしたか」

おっと、本題に入らねば。

「はい。実は、常葉屋さんがうちの隣を買われたのです」

お美羽は昨日あったことを全て話した。充治の顔に、憂いが表れる。

「その家に、怪しげな男を三人も置いているのですか」

「はい、すんでのところで喧嘩になりそうでした」

「いや、常葉屋の手先なら喧嘩で騒ぎを起こすようなことはしないでしょう」

充治は腹立たし気に言った。

「入舟長屋を見張りながら、事あるごとに嫌がらせのようなことをしてくる気だと思います」

「私もそれを心配しております」

厄介な事です、と充治は眉間に皺を寄せた。

「それでお美羽さんも寿々屋さんも、常葉屋があの辺一帯を買い占めようとしている、と思われるんですね」

「はい。それほど大掛かりな事なら、後ろに誰かついてるんじゃないか、とも」

うーむと充治が唸る。

「ありそうに思えます。確かに、千両以上となると常葉屋だけでは荷が重いでしょう。借り入れるにしても、誰か信用ある人の口添えが要りますね」

充治は思案顔で言った。

「どこかの大店でしょうか」

「ええ。大名旗本といった方々は、こういう取引には正直、疎いですからね。と言って、すぐに思い付く心当たりは私にもないのですが……」

充治はまた何事か考え込む。

「お美羽さん、常葉屋はまだ、寿々屋さんが持っておられるあの辺りの物件を買う、とは言ってきていないのですね」

「はい。でも、おっつけ話があるはずで様子を見ているのだろう、と寿々屋さんはお考えです」

ふむ、と充治は頷き、さらにしばし黙考した。お美羽はその真剣な顔付きが素敵だ、と思い、じっと見つめてしまう。

「わかりました」

充治は意を決したらしく、肩に力を込めた。

「その土地、先手を打ってうちが買い取りましょう」

ええっ、とさすがにお美羽は仰天した。

「あの、千両かけて、全部ですか」

　はい、と充治は頷く。

「乗りかかった船です。何とかそのぐらいは、用意できます」

「でも、手に入れた土地をどうなさるのです。今の建物をそのままに貸しても、買い取ったお金の元が取れないのでは」

「わかっています。しかし、やりようはあるものです」

　取れたとしても、何十年もかかるだろう。そこまでの余裕が、田村屋にあるのか。

　充治は、入舟長屋と丸伴屋を建替えて貸す算段を、より大きく広げるつもりらしい。

「規模が大きくできるなら、幾種類かのお店に入っていただいて、その場に行けばいろんなものが揃って大きな縁日のような賑わいを楽しめる、というようなことが考えられます」

　へえ、とお美羽は感心した。両国広小路を小さくしたようなものだろうか。あそこは火除け地なのですぐ撤去できる見世物小屋などが大半だが、ちゃんとした建物が使えるなら、もっとお客を呼べる催しができるかもしれない。

「それは何だか、楽しそうですね」

入舟長屋が立ち退かねばならないのは残念だが、充治の思い描く通りになれば惜しくないかも、とまでお美羽は思えてきた。

「まだ、思い付きにすぎませんが」

充治は頭を掻いた。

「いえ、とてもご立派だと思います」

でも、とお美羽は思う。思い通りに運ぶかは、わからないのだ。田村屋にとっては、賭けのようなものなのではないか。

「それだけでは、ありません」

察したかのように、充治は顔を上げて言った。そのままお美羽を正面から見つめる。お美羽は落ち着かなくなった。充治の頬に赤みが差している。どうしましたか、と言いかけると、充治は俯き加減になって少し小さめの声で言った。

「あの、お美羽さんに難儀が降りかかるのは、黙って見ていられなくて」

お美羽は、はっと背筋を緊張させた。これは、昨日の続きか。充治は言葉の選び方に困っているようだ。

「ああ、同じようなことを昨日も申しましたね。済みません。でもその、私は……」

充治は懐から畳んだ手拭いを出し、汗もかいていないのに額を拭い始めた。次にどう言ったらいいかわからないようだ。

ああもう、言わなくていいわ。お心はわかりました。そんなに私のことを。お美羽は舞い上がりそうになるのを懸命に堪える。

「あ、あの、お気持ちとっても嬉しいです」

辛うじてそれだけ言って、お美羽も俯いた。充治は恥じらうような安堵したような表情になり、ほっと息を吐いた。

「あ、ありがとうございます。そう言っていただけましたら」

充治は息を整えるようにして、話を変えた。

「寿々屋さんも、若旦那さんのお店があんなことにならなければ、土地を売るなどとはお考えにならなかったかもしれませんね。誠に巡り合わせと申しますのは……」

充治としては、寿々屋を慮（おもんぱか）った何気ない言葉だったかもしれない。だがお美羽は、ぎくっとした。浮ついた心に、ひんやりとした何かをかけられたような気がした。

「巡り合わせ……」

お美羽の表情が変わったのに気付き、充治が訝しむ様子で「どうしました」と聞いた。お美羽は一瞬迷ったが、今思い付いたことは充治に言っておくべきだ、と思った。

「あの、艶の雫の一件は、たまたまの巡り合わせだったのでしょうか」

充治は怪訝な顔をしたが、すぐさまお美羽の言いたいことがわかったようで、驚きに目を見開いた。

「たまたま、ではなかったと？　寿々屋さんの金繰りを悪くするための企みだとおっしゃるのですか」

「はい。あまりにも時機が都合良く重なっています。若旦那の宇多之助さんは、あんなことをされる心当たりがないとおっしゃってました。でも、本店の足を引っ張るためだとしたら、理由としては充分かと」

「常葉屋さんが糸を引いている、というわけですか」

「読売であの話を広めた真泉堂は、平気であくどいことをするので知られています。常葉屋と組んでいたとしても、驚きません」

うーむと充治は唸った。

「だとすると、ますます常葉屋のような奴に土地を買わせるわけにはいきませんね」

はい、とお美羽は力強く頷いた。

九

「へえ、田村屋の若旦那がそんなことを」

家に帰ったお美羽から話を聞いた欽兵衛は、感服した様子だった。

「千両以上もかけてかね。いやあ、若いのに胆（きも）が据わっているねぇ」

田村屋さんにとっても千両は軽くなかろうに、と欽兵衛は先ほどのお美羽と同様の心配をする。

「しかし、そうまでしてくれるというのは、他にも何か理由があるんじゃないのか。

例えば昔、常葉屋と何かあったとか」

さすがに簡単に納得しかねるところもあるようだ。お美羽は、どう言ったものか
ともじもじした。

「おや、どうかしたかい」

欽兵衛が気付いて、聞いてくる。もう、お父っつぁんたら、少しは察してよ。で
も、呑気で鈍感な欽兵衛には難しいか。

「えっとその、充治さんはその、あのね、何て言うか……」

次第に顔が火照ってくる。目を逸らし、畳に指で「の」の字をなぞりはじめたお
美羽を見て、とうとう欽兵衛も閃いたようだ。ぱっと顔が明るくなる。

「もしかしてあの若旦那、お前に気があるのかい。それで手を貸してくれると」

「うーん、まあ、そんなような、うふふふ」

両手を頰に当てたお美羽に、欽兵衛は「そりゃあ、何よりだ」と破顔しかけた。

が、そのまま急に顔が固まる。

「若旦那には、お前のいろんな噂、耳に入ってないんじゃ……」

欽兵衛は笑みを途中で止めたおかしな顔で、そうっと障子に目をやった。

「ちょっとお父っつぁん、不吉なことは口にしないの！」

自業自得なところもあるが、さんざん痛い目に遭ってきたお美羽は、顔を引きつらせた。

「これまでのおかしな噂については、私から本当のところを折々に話しておくから心配しないで」

「本当のところ、ねえ」

欽兵衛はまだ安心できないようだ。「本当のところ」を話したら、やっぱり相手が逃げるんじゃないか、と思っているのだろう。いやいや、馬鹿正直に話すんじゃなく、脚色して割り引くから大丈夫。まあそこまでは、声に出さないでおく。

「とっ、とにかく、寿々屋さんに充治さんの考えを伝えておくわね」

欽兵衛の心配が説教に転じないうちに、お美羽は立ち上がった。

外に出ると、菊造と万太郎に出くわした。また昼間から怠けているのだ。

「あれお美羽さん、また出かけるのかい。忙しそうだなあ」

呑気な顔で言ってくるので、いつもの通り睨みつけてやる。

「あんたたち、聞くのも野暮だけど仕事は?」

「うん、今日はありつけてねえ」

「俺も、今日は全然売れねえから引き上げて来た」

二人は口々に言った。今日は、じゃなくて今日も、だろうが。

「でも、ぐうたら寝てるわけじゃねえぜ。隣の家に入り込んだあの連中が悪さしねえかと、見張ってるんだ」

菊造が胸を張ってみせる。よく言うよ、とお美羽は呆れた。

「何が見張りよ。何かあっても、あんたたちの腕っぷしじゃ役に立たないのはわかってるんだから」

お美羽は腰に手を当てて、もう一睨みする。

「もうすぐまた店賃の期日よ。今度もその汚い尻をまくるつもりじゃないでしょうね」

「いや、そんな」

万太郎が慌てて手を振る。

「ちょっとだけでも払うよ。この寒空に障子を壊されちゃたまらねえ」

冗談で言ったのだろうが、お美羽の神経は逆撫でされた。口の軽いこの連中から、障子割りの噂が先に充治に入ったら大変だ。小遣いやって黙らせておくか。いや、信用ならない。いっそ、口封じを……。

不穏な考えが顔に出たらしい。菊造と万太郎は急に青ざめ、「ちゃ、ちゃんとするから」と言って家に駆け込んだ。

お美羽は、まったくもう、と鼻を鳴らして木戸から通りに出た。そして五、六歩歩きかけたところで、はっとして足を止めた。誰かに見られている？

隣の、常葉屋が買い取った家に目を向けた。家は静まり返り、人の動きはない。ここではない。その先に目を移した時、通りの反対側に動きを捉えた。紺色の着物が、さっと細い路地に入って行く。お美羽は駆け出した。

そのまま路地に飛び込む。十五間ほど先に、紺色の着物の背が見えた。見つかる前にうまく隠れたと思ってか足を緩めていたが、お美羽の足音に振り返り、ぎょっとしてまた駆け出した。路地はすぐ先で長慶寺(ちょうけいじ)の土塀に突き当たっており、男はそこを左に入った。お美羽も急いで後に続く。

曲がった先は長慶寺の裏門で、短い裏参道から再び二ツ目通りに戻れる。お美羽が裏門に達した時には、男の姿は既に表通りの方に消えていた。お美羽は、畜生め、と草履で地面を蹴った。あいつだ。山際さんが見つけた、入舟長屋を窺っていた若い男に違いない。

でも、とお美羽は首を傾げた。振り返ったあの男の顔、やはりどこかで見た気がする。ここ数日、とかいうのではない。もっと前から頭のどこかに沈んでいたものが、呼び覚まされたような感覚だった。いったいどこで会ったんだろう。

お美羽は眉をひそめた。もしかすると、真泉堂の奴かもしれない。艶の雫のことで常葉屋と真泉堂が手を組んでいたのだとすれば、今度は入舟長屋に何かしようと狙っているのかも。だとしたら、本当に卑劣な奴らだ。お美羽は怒りに歯嚙みして、男が消えた方角を見つめた。

寿々屋宇吉郎は、お美羽の話を聞いて顔を綻ばせた。

「そうですか。田村屋の若旦那さんにまとめてお買いいただけるなら、何よりです」

正式にお話を頂戴しましたら、早々に整えることにいたしましょう、と宇吉郎は言った。

「入舟長屋と、周りの他の家にお住まいの方々の落ち着き先につきましても、田村屋さんとご相談させていただきます」

「はい、ありがとうございます」

菊造や万太郎のように困った店子もいるが、正直、入舟長屋の人たちがバラバラになってしまうのは寂しかった。住人ごと長屋をどこかに移せたらいいが、みんなの仕事の都合もあるので、北森下町から遠く離れたところでは無理だ。今までと全く同じ暮らしは、諦めるしかない。

「しかし田村屋の若旦那さんも、思い切ったことをなさいますな」

「はい。私たちとしては、嬉しいことなのですが」

「もしや、お美羽さんにとっては特に嬉しいことなのではございませんかな」

えっ、とお美羽は驚く。

「と、特に嬉しいと申しますと」

「若旦那の充治さんはなかなかの男ぶり。もしそうであれば、いつでも仲立ちをさせていただきましょう」

「そっ、それは大変に有難いことで……あっ、いえ、はっきりしたお話がその、あったとか、そういうことでは」

お美羽はしどろもどろになり、顔から汗が出始めた。木場の大店の若旦那と大家の娘では、不釣り合い過ぎる。そんな言葉が出そうになったが、はっきりした話がまだないのにそれを言うのは、却って浮ついているように聞こえそうだ。どうしよう。

珍しく言葉を失っているお美羽に対して、宇吉郎は愛しい末娘でも見るように目を細めていた。

帰り道、お美羽はまだ顔の火照りが冷めきらないまま、いろいろと考えながら歩いた。やはり宇吉郎の慧眼(けいがん)は大したものだ。父親の欽兵衛がなかなか勘付かなかったことも、すぐに見抜かれてしまった。あのお方には、隠し事なんてできないなあ。

充治は、本当に自分を嫁に、と考えてくれているのだろうか。まだはっきり口にされてはいないが、お美羽はもう、そうだと思っている。とは言え、やはり家の格が違うのは気になった。普通の大店なら、跡取り息子の嫁は然るべき大店から、とするのが当たり前で、親戚一同や株仲間の承認を得なくてはならない。大家の娘との縁組などは、考えないだろう。

だが、やり方はある。お美羽が一旦、寿々屋の養女になるとかして、家格の差を埋めるのだ。武家の縁組では、しょっちゅう行われている。先ほどの宇吉郎の言葉は、それを見越してのことだろう。しかも田村屋では主人が臥せり、内儀は既に亡く、事実上、充治が当主になっている。きっと充治の意向は、異論なく通るに違いない。

お美羽の考えは、どんどんいい方向に向かった。また足元がふわふわしてくる。青空と雲が近付き、竪川を通って吹きつける寒風も、春風のように感じられる。長屋がなくなってしまうかもしれないというのに、こんな調子でいいんだろうか……。

「お美羽さん、どうした。心ここにあらずといった風情だが」

いきなり声をかけられ、地上に引き戻された。山際が二ツ目之橋の袂で、不思議そうにお美羽を見ていた。

「ああ、いえ、何でもありません。寿々屋さんに行った帰りですが、ちょっと考え事を」

言い訳するように答えてから、「山際さんこそ、どちらへ」と聞いた。

「うん。私もちょっと考えたことがあるのでな。見回り中の青木さんを摑まえて、話をしてみようと思ったんだ」

几帳面な青木は、何事もなければだいたい順番通りの決まった道筋で、市中の見回りをしていると聞く。青木と山際は時々酒を酌み交わす仲になっているから、今時分はどの辺りにいるかも、見当がついているようだ。

それじゃあ、とお美羽は手を叩いた。

「私もご一緒して、よろしいですか」

「もちろん、構わんよ」

山際がすぐに諾したので、お美羽はその後に付いて竪川沿いを歩き出した。

行き先は浅草福井町だ、と山際は言った。両国橋を渡って浅草御門を抜け、左に入った辺りだ。青木は札差の集まる蔵前を見回る前に、そこで一息入れるらしい。出て来たばかりの寿々屋の前をまた通り、相生町一丁目まで来たところで、ふいに山際が小声で言った。

「尾けられてるぞ」

えっと思わず振り返ろうとしかけ、山際に止められた。

「気付かないふりをして、このまま進もう。回向院近くの人混みで押さえる」

お美羽は無言で小さく頷いた。

本所尾上町で右に曲がると、すぐ回向院である。この辺には参詣人を当てにした茶店の他、鶏肉や獣肉の鍋料理を出す店などもあり、いつも賑わっている。お美羽と山際は、人混みを縫うようにして両国橋の方向へ進んだ。

急に山際がお美羽の袖を引き、獣肉料理屋の脇に入った。建物の陰に身を隠し、通りの方を覗く。四、五間後ろの通りの真ん中で若い男が立ち止まり、左右に首を巡らせていた。それを見てお美羽は、やはりと拳を握る。一刻ほど前、長慶寺の裏で見失ったあの男だ。お美羽が寿々屋に入るのを確かめ、出てくるのを待ち構えて尾けてきたのだ。

男は首を捻るようにして、また歩き出した。歩きながらまだ左右を窺っている。そのままお美羽たちの隠れている場所に近付いてくると、都合良く反対側を向いた。山際はその隙を逃さず、さっと飛び出して男の襟首を摑み、今まで隠れていた物陰に引き摺り込んだ。

「痛てッ、何しやが……」

言いかけたところで、男の口を山際の左手が塞ぐ。

「声を出すな。お前も命は惜しかろう」

男は目を剝き、二度三度と頷いた。無論、ただの脅しだ。山際は剣術に関して凄腕だが、血を見るのは誰より嫌いだった。

「聞き分けがいいな。では、落ち着いて話そう。お前が騒がなければこちらも騒がん」

男はもう一度、頷いた。山際が、口を押さえていた手を離してやる。男は大きく息を吸って吐き、お美羽と山際を交互に見て肩を落とした。

お美羽と山際は男を挟むようにして歩き、回向院前の茶店の一つに入った。お美羽も友達と来たことのある店だが、幸い顔を覚えられるほど何度も通ってはいない。山際は店主に奥の部屋を使いたい旨を告げ、半ば強引に男を引っ張り込んで襖(ふすま)を閉めた。

「よし、ここなら少しばかり話ができる。まず、お前が何者か、からだ」

座るなり、山際が言った。男は俯き加減でしばし躊躇うようだったが、仕方ないという様子で顔を上げ、「隆祐といいます」とまず答えた。

こうして近くで見ると、思ったよりいい男なのにお美羽は気付いた。目は澄んでいて鼻筋が通り、顔の輪郭に骨張ったところは少なく、上品にさえ見えた。常葉屋の手下どもとは、だいぶ感じが違う。以前どこかで見たような気がするのも、やはり同じだった。だが隆祐という名には聞き覚えがない。

「どこで何をしているのかな」

「その……家では太物を商ってます」

「太物商だと？」

これは山際にも意外だったようだ。しかし隆祐の見てくれは、確かに商人風である。

「どこの何というお店なの」

お美羽が聞くと、「長谷川町の栃木屋です」との返答があった。長谷川町は大川の西、確か浜町堀の向こうの方だ。入舟長屋にもお美羽にも、全く縁のない町である。

「いったいぜんたい、長谷川町のあんたが何でうちの長屋を嗅ぎ回ってるのよ」

「それは……」

隆祐はどう言ったものかと思案するように、言葉を濁した。だがお美羽が、嘘も言い逃れも許さない、とばかりに睨みつけると、溜息をついて話し始めた。

「丸伴屋の善太郎のことです」

「えっ、殺された善太郎さんの？」

これまた、ひどく意外だった。北森下町の炭屋と長谷川町の太物屋に、どんな繋がりがあるというのだ。

「知り合いなのか」

山際が聞くと、隆祐は「幼馴染です」と答えた。ますますわからない。

「店があんなに離れているのに、どうして幼馴染になるのよ」

口から出まかせじゃないでしょうね、とお美羽が迫ると、隆祐は事情を話した。

「善太郎は八つになった時、商いの修業ってことで伝手のある炭屋に奉公に出たんです。それがたまたま、うちの隣だったんで」

善太郎は十三の歳まで五年の間、そこに住み込んで働いていたそうだ。建前では他の小僧と同じ扱い、ということになっていたが、預かった跡取りなのでそう粗略にもされず、隣家の息子の隆祐と仲良くなるのは咎められなかったという。

「俺は跡取りじゃなく三男だったんで、あいつも付き合い易かったのかもしれませんね」

隆祐は自分をそんな風に言った。二人は善太郎が丸伴屋に帰った後も付き合い、大人になってからは度々一緒に飲んでいて、吉原に二人して繰り出すこともあったそうだ。親友、と言っていい仲だったのだろう。

「じゃあ……」

お美羽はちょっと山際を気にしながら、聞いてみた。

「私と善太郎さんの間に、縁談があったことも知ってた？」

もしやその関わりで、隆祐と顔を合わせたことがあったのか、と思ったのだ。

「ああ、縁談のことは聞きました」

隆祐はそれだけしか言わなかった。ふうん、とお美羽は唇を曲げた。だったらきっと、すごく乱暴な女と娶せられるところだった、というような笑い話にでもされたのだろう。考えてみれば、善太郎絡みで隆祐と会っていたら、間違いなく覚えているはずだ。

「善太郎殺しについて、何か考えるところがあるのか」

山際が、咳払いして聞いた。変な方に行きかける話を戻したのだ。お美羽は赤面しそうになる。一方、隆祐は居住まいを正した。

「俺は……あいつを殺した奴を、この手で捕まえてやりたいんで」

「仇討ちをと思っているのか」

山際が言うと、隆祐は唇を嚙んだ。

「あいつ、江戸を離れる時に俺のところに来て、丸伴屋が潰れてからあの辺の土地に絡んで、変な動きをしている奴がいるようだ、って漏らしたんです」

「変な動き？　それって常葉屋のこと？」

お美羽は思わず身を乗り出す。

「いや、その時には善太郎は、どこのどいつの仕業だなんてことは言ってなかった。けど、丸伴屋が潰れたことはその動きと関わりがあるのかも、とは言ってた」

「潰れたことで動きが起きた、という意味かな。それとも、その動きのために潰された、という意味かな」

山際の問いには、「それは何とも」という答えが返った。

「あいつもその時は、詳しいことはわからなかったんでしょう。だが、気にはなってた。だから一旦江戸から離れたものの、それを確かめるために舞い戻った」

「じゃあ、戻って来た善太郎さんは、あんたに会ってその話を？」

お美羽が確かめると、隆祐は残念そうにかぶりを振った。

「俺のところに文が来た。いずれ手を借りるかもしれないから、その時は頼むって。けど、話を聞かねえうちにあんなことに」

隆祐のところには、善太郎の幼馴染だということで、役人が事情を聞きに来たという。それで善太郎が殺されたことを知ったのだ。

「役人には、土地の動きに絡んでいるらしいと話さなかったのか」

山際が聞くと、隆祐は再びかぶりを振った。

「何の証しもなくて、誰が動いていたかもわからねえんじゃ、話のしようがねえ。それで、自分で調べようと思ったんです」

あいつが江戸を出る前に、もっと親身になっていろいろ聞いてりゃあ、と隆祐は口惜しそうに言った。

「常葉屋のことは、ちょっと聞き回っただけですぐわかりました。あいつら、土地の買い占めについちゃ、ろくに隠そうともしていない」

ですが、と隆祐は憤りを含んだ声で続けた。

「何か裏があるに違いない。でなきゃ、善太郎が殺されるような謂れはない。ちょっと聞いただけでも、常葉屋ってのはどんな悪巧みでもやりそうな奴だってわかります」

そうでしょう、と隆祐は同意を求める。異論はないので、お美羽も山際も頷いた。

「じゃああんたは、私たちを探ってたんじゃなくて、常葉屋が何か仕掛けてくるのを見張ってた、ということなの？」

「その通りです。まあ、疑われても仕方がねえ。こそこそ動き回って、迷惑かけました」

隆祐は座り直すと、丁寧に頭を下げた。それでお美羽も、張り詰めていた気を緩めた。

「で、どうだ。見張って、何か摑めたのか」

山際に尋ねられると、隆祐は決まり悪そうに身じろぎした。

「お恥ずかしい話ですが、今のところは。お二人がご存じのこと以上は、何も」

「やはりな。闇雲（やみくも）に独りで動いても、うまく行くまい」

山際は、隆祐の目を覗き込むようにして言った。

「どうだ。ここは手を組んだ方がいいのではないか」

えっ、と隆祐は眉を上げる。

「そりゃあ、どういうことです」

「うむ。こっちにも伝手は幾つかあるが、善太郎に関してはお前が一番よく知っているだろう。だから、手分けする。常葉屋については、こっちで調べる。お前は、善太郎が江戸に戻ってどう動いたかを調べる。それでどうだ」

思わぬ誘いに、隆祐は目を瞬いた。が、すぐに両手を畳についた。

「有難いお話です。そうさせて貰えれば」

山際はお美羽の方を向いて「お美羽さんもそれでいいか」と聞いた。お美羽は「はい」と応じた。

「よし。それでは、何かわかったら互いに話し合うとしよう。お前を呼ぶときは、店の方へ行けばいいのか」

「はい。親父も兄貴も、俺が遊び回ってるぐらいにしか思ってませんので、遊び仲間のふりでもして貰えれば、難しいことは聞かないでしょう」

「わかった。では、今日のところはこれまでにしよう」

山際が言うと、隆祐は安堵した様子でもう一度畳に手をつき、礼を述べてから帰って行った。

隆祐が店を出てから、お美羽は「ふう」と息を吐いて山際に言った。

「あの人、信用していいんでしょうか」

「大丈夫だろう。善太郎との関わりはすぐ調べられるし、長谷川町に行けば隆祐の人となりもわかる。向こうもそのくらいは承知だ。嘘は言うまい」

山際はお美羽ほどには心配はしていないようだ。

「それはわかりますが……」

お美羽は少し言い淀んだ。

「どうも気になるんです。会ってないはずなのに、あの人をどこかで見た、って感じが消えません」

ふむ、と山際は首を傾げた。

「お美羽さんのことだから、思い違いということはないだろうな」

山際は少し考えたが、「まあそのうち、思い出すだろう」とだけ言った。

十

山際が見込んだ通り、青木は福井町の番屋にいた。

「青木さん、ちょっと邪魔をするよ」

番屋の戸を開けて山際が声をかけた時、青木は火鉢を前に畳に胡坐(あぐら)をかいて、茶を啜っているところだった。

「おう、何だ。お前さんたちか」

入って来たのがお美羽と山際だとわかると、青木は面倒臭そうな表情を浮かべた。二人が揃って現れると、大概は厄介事だと承知しているからだ。山際は知らぬ顔で、さっさと畳に上がり、青木の前に座る。お美羽もそれに倣ったので、青木は眉根を寄せた。

「誰も座れとは言ってねえが」

「立ったままというわけにもいかんだろう」

青木が舌打ちする。

「どうせろくな用じゃあるめえ」

「常葉屋の話だ」

山際が言うと、青木は怪訝な顔をお美羽に向けた。

「昨日、お前に話してやったばかりじゃねえか」

「はい。ありがとうございました。でも、僅かの間に事がどんどん進みまして」

お美羽は常葉屋が隣地を買って嫌がらせを始めたこと、北森下町のかなりの部分を買い占めようとしているらしいことを話した。

「ふうん、そうか。お前のところの周りを、丸ごとな」

一通り聞き終えた青木が言ったのは、それだけだった。お美羽は、訝しんだ。青木は驚いていない。おおよそのところは承知しているような感じだった。

「もしや、ご存じだったのですか」

「全部知ってたわけじゃねえが」

「だったら……」

　何とかしてくれないんですか、と眉を逆立てて言いかけたが、奉行所が土地を買うのを差し止めるような理由はない。困って口籠もると、代わりに山際が言ってくれた。

「寿々屋の大旦那さんとも話したんだが、それだけの土地を買って何かするとなると、常葉屋一人じゃ金の調達からして無理だろう。後ろ盾がいるに違いないと思うんだが、心当たりはないか」

　青木の目が鋭くなった。

「それを聞いてどうする」

「後ろ盾がわかれば、何を企んでいるかの手掛かりになる。企みがわかれば、何か手の打ちようもあるかもしれん」

　言ってから山際は、青木の顔を覗き込むようにした。

「今の言い方からすると、何か知っているな」

　青木は目を逸らして、湯呑みに残っていた茶をぐっと飲み干した。それから、近くにいた木戸番の爺さんを「あっちへ行ってろ」と追い払い、お美羽と山際を一睨みして声を落とした。

「本小田原町の高津屋を知ってるか」

山際は「いや」とかぶりを振ったが、お美羽は知っていた。

「唐物を商う大店ですよね。大奥御用達の」

本小田原町は日本橋通りの傍で多くの大店があり、高津屋もその一角に店を構えている。贅沢品の扱いが多いのでお美羽は行ったことはないが、身分あるお女中らが繁く出入りしていると聞く。

「そうだ。結構な羽振りでな」

どう見ても奢侈の禁令に引っ掛かりそうだが、何故か無事に済んでおり、御城の上の方にでも相当な伝手があるのでは、と噂されていた。今の青木の苦々し気な口調からすると、本当のことらしい。

「その高津屋と、常葉屋が関わっているのか」

山際が尋ねた。

「土地を転がしている常葉屋と唐物商では、繋がりがよくわからんが」

「確かにわからん。だが、常葉屋と度々、料理屋で会ってるようだ」

「ふむ。それを摑んでるということは、常葉屋には常から目を光らせているわけだ」

　まあな、と青木は肩を竦める。

「高津屋なら、千両でも二千両でも出せるだろう。無論、儲け話がある時には、ってことだが」

「しかし、高津屋が嚙んだ儲け話が何かはわからん、北森下町に関わることなのかどうかもわからん、というわけか」

　まあそうだ、と青木は認めた。お美羽はちょっとがっかりする。これだけでは、まだ何も見えてこない。一方、山際は探るように青木を見ている。

「……青木さん、まだ他にもあるんじゃないのか」

　青木は、ふん、と鼻を鳴らして口元を歪めた。

「本所方与力が、一枚嚙んでるかもしれねえ」

　ほう、と山際は笑みを浮かべた。

「そいつは面白そうだ」

　その意味は、お美羽にもわかった。本所方は町奉行所の内にあって、本所深川界隈の諸事を取り扱うお役目で、土地を大きく改変したり、家主が幾人も変わったりする時は話を通しておくべきところだ。北森下町も当然、その範疇に入る。

「常葉屋だか高津屋さんが、その与力様とツルんでるとおっしゃるんですか」

お美羽が勢い込むと、青木が目を怒らせた。

「おい、言葉に気を付けろ。ツルんでるとは何だ」

済みません、とお美羽は急いで詫びる。

「ではその、与力様が常葉屋とお会いに？」

青木はお美羽には答えず、山際の方に言った。

「常葉屋を探らせてる岡っ引きが、二度ばかり見てる。一度目は、去年の師走だ。永代寺門前の料理屋だ」

永代寺門前の界隈は、深川で最も料理屋が集まっているところだ。本所方の役人が役目にかこつけてそこに行っても、不審に思われることはない。しかし青木が常葉屋を、岡っ引きに嗅ぎ回らせるほど怪しんでいたとは思わなかった。それなら、昨日聞いた時にそう言ってくれたらいいのに。いや、お美羽が馴染みだからといって、八丁堀が何もかも教えてくれるわけではない、か。

「常葉屋と、そこで会っていたのか」

「後から店で確かめた。高津屋も来ていたようだ。何の話をしていたかは、当然わからんがな」

「うむ。で、二度目は」

「ほんの十日、いや十一日前か。常葉屋が珍しく朝から駕籠で出かけたんで、それに気付いた岡っ引きが何だろうと思って尾けたんだ」

その岡っ引きは、何か面白いことが摑めたら褒美が貰えると張り切ったようだ。駒形(こまがた)まで尾け、大川べりに舫(もや)われていた屋形船に常葉屋が乗るのを確かめた。なあんだ、芸者遊びかと思って帰りかけたら、本所方与力が現れ、その船に乗り込んだという。

「冬場に屋形船か。炬燵船(こたつぶね)で芸者と二人、というならいい風情だが」

「あんたもそういう洒落たことを言うんだな」

青木が山際をからかうように言った。山際が咳払いし、お美羽はくすっと笑う。

「高津屋も乗っていたのか」

「それはわからなかった。だが、船が掲げていた屋号と紋を頼りに船宿を捜して確かめたら、船の借主は高津屋だった」

なるほど、と山際が頷く。

「わざわざ屋形船を、ってことは、誰にも聞かれないところで相談を、ということでしょうね。何だかきな臭いですね」

きな臭い、というお美羽の言葉に青木はちょっと顔を顰めた。

「何度も言うが、何の話かは皆目わからねえ。だが、船は昼前から夕方まで出てた。長い話だったようだな」

だが、ここで終わりだ、と青木は言った。

「こっちも、四六時中常葉屋を見張ってたわけじゃねえ。胡散臭いから目を付けてただけだ。何かある、ってこたァ言えるが、それだけさ。とはいえ、今の話、他言無用だぜ」

「わかってる。よく教えてくれた」

山際と一緒に、お美羽も礼を言った。普通なら八丁堀同心がそんなことまで話してはくれないが、青木は承知の上で、一応のネタを渡しておいてお美羽たちが勝手に調べるのを待っているようなところがある。タダで岡っ引きの役回りをさせられている気もするが、もはや持ちつ持たれつとお美羽は割り切っていた。

「青木さん、後もう一つ、こちらから耳に入れておくことがあるのだが」

まだ何か、と青木は嫌な顔をする。だが、山際が「善太郎殺しについてだ」と口にすると、途端に目が光った。

「何だ。何か聞き込んだのか」

「ついさっきだが、枋木屋の隆祐という男と話をした」

山際は、隆祐に尾けられていたことから一部始終を伝えた。青木は、うーむと唸って腕組みをした。

「やっぱり常葉屋絡みなのか。善太郎はそれに気付いて調べに来た、ってんだな」

「丸伴屋さんは、まだ江戸には？」

お美羽が聞くと、青木は「ああ」と顎を掻いた。

「善太郎の父親だな。うん、どこに引っ込んだか調べるのに三日もかかっちまったからな。こっちに来るのは明日か明後日だろう」

父親がどれほどのことを知ってるかは、何とも言えないぞと青木は言った。もし不審を覚えていたなら、店が潰れた時に何か訴えていたはずだ、と。それはそうかも、とお美羽も思う。

「それにだ。丸伴屋の跡地を手に入れたのは田村屋で、常葉屋じゃねえだろうが」

「ええ。強引に買ったんじゃなく、借金のカタでした」

でも、とお美羽は続ける。

「常葉屋は、きっと田村屋さんからあそこを買おうとします。なので田村屋さんは、先手を打つおつもりです」

お美羽は充治が常葉屋を封じるため、長屋だけでなく隣地も買おうとしていることを話した。青木は渋面になった。

「それじゃあ、田村屋は常葉屋に喧嘩を売るようなもんじゃねえか。大丈夫か」

「私もそれが心配なんです。常葉屋が田村屋さんに悪さをしてこないか、って」

本音は田村屋、というより充治が心配なのだが。お美羽は青木に田村屋に目配りしてくれるよう頼んだ。青木は、もっともだという風に承知した。

「なあ青木さん、これまで聞いたところからすると、常葉屋が嫌な所を嗅ぎ回ってくる善太郎を目障りと考えて殺した、という見立てになるんじゃないのか。どう思う」

山際が、かなり直截(ちょくせつ)な聞き方をした。お美羽もそう思っていたので、青木の顔を見る。青木は「ふん」と肩を揺すった。

「あんたに言われるまでもねえさ。岡っ引き連中に、殺しのあった晩に常葉屋と手下どもがどこで何をしてたか、すぐに探らせる」

「うん、さすがは青木さんだ」

山際が持ち上げたが、青木はすぐ釘を刺した。

「だが、ああいう奴は簡単に尻尾を出さねえ。明日にでもお縄に出来るなんて考えるなよ」

わかっている、と山際も頷く。それにだ、と青木は付け加えた。

「その隆祐って奴も怪しい。本当に幼馴染かどうかは調べりゃすぐにわかるが、そもそも幼馴染ってだけで自分一人で下手人を捜そうなんて考えるか」

「それは……そう考えるほど仲が良かった、ってことじゃないんですか」

「どうかな」

青木は疑う目をお美羽に向けている。お美羽はもっと言い返そうとしたが、言葉が出なかった。自分は隆祐について、本人の言葉以外に何も知らないのだ。さっき話した時は、信じて良さそうな気になったのだが。

見えて来たようで、まだ何も見えていないのかも、とお美羽は改めて思った。


翌日は、書の手習いの日であった。お美羽はいつもの通り、道具を風呂敷に包んで回向院裏の家に行った。武家の出の寡婦が師匠をしており、十何人かの娘が嫁入り修業として書を習っている。お美羽はその中で一番の古株だ。そうなってしまったのは、「嫁入り修業」がいつまで経っても終わらないからである。もはや惰性に近いが、手習い友達と話すのが楽しいので、やめずにいる。おかげで書の腕前はすっかり上がり、ちょっと前には師匠が風邪で休んだ時、代理を務めさえした。

机を前にして座ると、先に来ていた仲良しのおたみが、早速話しかけてきた。

「やあ、師範代殿」

「その呼び方は、やめて」

師匠の代理をしたことをからかいの種にするおたみの脇腹を、肘で小突く。

「ちょっと小耳に挟んだんだけど、木場の材木屋さんと行き来してるって？」

うっ、とお美羽は固まる。おたみは金物屋の娘で、今年十八。そろそろ縁談も来ているが、まだ決まりそうな話はないらしい。その一方、お美羽の「いい話」には妙に鼻が利く。早くも田村屋の充治について、何か勘付いたか。

「なになに、今度は材木屋さんなの」

もう一人の仲良し、お千佳が早速食い付いた。こちらは十七で、太物商の娘。やはりまだ決まった話はないが、お美羽の恋路が次々に盛り上がっては崩壊するのを見てきたので、そうした話には敏感だ。

「いやその、そこの若旦那さんが、うちの隣の土地を手に入れた縁で来られて……」

入舟長屋が売られる、という深刻な話は出さなかった。他所(よそ)へ移ったら、この手習いにも来られるかどうかわからない。だからこの二人に話すのは、ぎりぎりまで待とう。

「へええ、そこの若旦那さん、そんなにいい男なの」

おたみが心底羨ましそうに言った。

「どうしてお美羽さんのとこばっかり、いい男が来ちゃうのよ」

「あのねえ。こっちはそのたびに痛い目に遭ってるってこと、忘れないでよ」

「そこはご同情申し上げますけど」

お千佳がニヤニヤして言った。

「何も起きないよりは、いいんじゃない」

「こっちの身にもなってよ」

「で、その材木屋の若旦那とは、今度こそうまくいきそうなの」

おたみが身を乗り出す。今度こそ、と言われて、お美羽は落ち着かなくなった。

「うーん、あちらは、だいぶその、こっちのことを思っててくれてるみたいって言うか……」

おおー、とお千佳とおたみが大仰にのけ反る。

「お美羽さんがそこまで言うの、初めてじゃない？　これはいよいよかな」

いやいや、ちょっと待ってとお美羽は懸命に手を振る。

「まだ何も決まった話はないんだからね。それより、お千佳ちゃんに聞きたいことがあるんだけど」

「はい、何かしら」

「同じ太物商で、長谷川町の栃木屋さんって知ってる？」

「栃木屋さん？　ええ、知ってるけど」
「そこの話なんだけどね」
言いかけたところで、師匠が入って来た。皆が背筋を伸ばす。お美羽はお千佳に
「終わってからね」と言って、机に向かった。

手習いを終えたお美羽たち三人は、回向院の前に回って、参詣人相手の茶店の一つに入った。何度も来ている店で、甘味の品揃えがいいので若い娘に人気のある店だ。この前隆祐を引き込んだ店が、五軒ほど先にある。

柚子餡入りの餅を存分に味わって満足の一息をついてから、お千佳が聞いた。

「それで、栃木屋さんがどうしたの」

「うん、そこに隆祐さんって倅さん、いるでしょう」

ほう、とお千佳が眉を上げる。

「三男で、歳は二十三か四だったかな」

言ってからお千佳は、意味ありげにふふふと笑った。

「さすがお美羽さん、お目が高い」

えっ、なになに、とおたみが首を突っ込む。

「その言い方からすると、二枚目なのね」

「まあ、ちょっといい男ね。お美羽さんたら、材木屋さんだけじゃなくて、そんな方にも手を伸ばそうっていうの？」

お千佳はお美羽の二の腕のあたりを摑んで、ぐいぐい揉んだ。お美羽は慌てて言い返す。

「そういうんじゃないって。実はね……」

お美羽は善太郎殺しと隆祐の関わりについて、差し障りのないよう言葉を選びながら話した。おたみとお千佳が、目を丸くする。

「まあ。裏の炭屋さんの跡取りが殺されて、それが隆祐さんの幼馴染だったの」

またしても厄介事に巻き込まれたのか、と二人はお美羽を同情するような目で見た。

「それで隆祐さんが、私のところにも話を聞きに来たんだ」

尾けてきたのを摑まえて吐かせた、というのをうまく繕って言った。

「それでさ、隆祐さんの評判って、どうなの」

評判ねえ、とお千佳は首を捻る。

「悪い話があればすぐ伝わっちゃうけど、聞いた覚えはないわねえ。怠け者とか、女癖が悪いとか、金遣いが荒いとか博打好きとか、そういうのはないと思う」

少なくともお千佳が知る限りでは、真っ当な男のようだ。

「お美羽さんの今の話じゃ、幼馴染のために下手人を捜そうとしてるんでしょ。それって、とってもいい人じゃない」

おたみが言った。青木と違い、この話を素直に受け止めたようだ。

「でも、義俠心っていうか、そこまで熱い人とは知らなかったわ」

お千佳はちょっと首を傾げている。

「まあいい人には違いないんだろうけど、お千佳ちゃん、杤木屋さん自体はどうなの」

「うん、ちゃんとしたお店。うちよりちょっと大きいけど、大店ってほどじゃない。商いはうまく行ってるみたいよ。旦那さんもしっかりしてるし」

店についても、悪い噂はないそうだ。では、隆祐は信用していいだろうか。

「で、お美羽さんは材木屋さんと隆祐さん、どっちを取るの」

いきなりおたみが言うので、お美羽はびっくりした。

「え、どっちって」

「材木屋さんなら嫁入り、隆祐さんなら三男だから婿取りかな。どっちがいい」

おいおい、待ってくれ、とお美羽は天井を仰いだ。

「何でそう先走っちゃうの。二人を天秤にかけるなんて」

充治と隆祐を同じ土俵に乗せるなど、考えてもいなかった。ってことは、とおたみが目を細め、わかったように言う。

「やっぱり材木屋さんがお相手なのね」

「ああ、もういいってば」

首を左右に振りながら、充治がはにかみながら口にしたことを思い出し、つい顔が熱くなる。いかんいかん、と頬を叩き、改めてお千佳に聞いた。

「変なこと聞くようだけど、私、前に隆祐さんに会ったことあると思う？」

はあ？　とお千佳は怪訝な顔をする。

「私に聞く？　お美羽さん、覚えてないの」

「うん。でも、どっかで顔を見てるような気がして仕方ないの」

「そう言われてもなあ。北森下町と長谷川町じゃ、思い当たる縁がないわ」

だよねえ、と頬を掻いたところで、おたみが手を叩いた。

「そうだ。それ、きっと前世よ」

前世？　とお美羽はお千佳と揃って唖然とする。

「そうそう。今心当たりがないなら、前世で縁があったんだわ」

おたみは勝手に想像を膨らませたらしく、うっとりした目付きになった。

「その昔の唐の国。お城の若様、いや唐なら王子様かな。それが隆祐さん。隣のお城にお姫様がいて、それがお美羽さん。二人は恋に落ちたけど結ばれず、それが時を経て今、ここで生まれ変わりの……」

あーあ、駄目だこりゃ。


その日、だいぶ日が傾いて、そろそろ夕餉の支度に取りかかろうとした時、客があった。旅装束の初老の男である。応対に出たお美羽は、一瞬誰だろうと思ったが、顔を見て思い出した。丸伴屋の主人だ。

「まあ、丸伴屋さんじゃありませんか」

思わず声を上げると、欽兵衛も急いで出て来た。丸伴屋甚兵衛は、深々と頭を下げた。

「ご無沙汰いたしております。店が潰れました折は、恥ずかしながらほとんど夜逃げ同然の有様になりまして、ご挨拶もできませず、大変ご無礼をいたしました」

まあお上がり下さい、と座敷に招じ入れる。見れば甚兵衛は、三月余りしか経っていないのにひと回り細くなり、白髪も倍ほど増えたようだ。やはり相当な心労があったに違いない。

「下総の佐倉に居られると聞きましたが」

はい、と畏まって座った甚兵衛が頷く。

「先祖がそこの出で、遠縁の者がまだおりましたので。今は細々と畑をやっております」

慣れない野良仕事では、体も大変だろうに。

「善太郎さんは、誠にお気の毒なことで」

欽兵衛が悔やみを述べると、甚兵衛は肩を落とした。

「ありがとうございます。あのようなことになるとは」

善太郎の亡骸は、江戸で檀家だった寺の方で供養してくれたそうだ。位牌だけ、持ち帰るという。息子は一人だけだったので、さぞ無念だろう。

「大番屋で八丁堀の青木様にお会いして話をさせていただきましたが、いったい誰の仕業なのか」

「下手人の目星は、まだついていないのですね」

欽兵衛はお美羽をちらっと見てから、言った。欽兵衛もお美羽から、常葉屋が怪しいと聞いているが、さすがにそれを口に出さない分別はあるのだ。

「先日、善太郎さんの幼馴染の、杤木屋の隆祐さんというお人に会いました」

お美羽が言うと、甚兵衛は「ああ」と目を細めた。

「隆祐さんですか。はい、善太郎を商いの修業に出していた折に仲良くしてくれまして、江戸を出るまでずっと友達付き合いを。今度のことでは、きっとご心配をおかけしておりますでしょうなあ」

「はい。隆祐さんは、善太郎さんが誰に殺されたのか、探り出すおつもりのようです」

お美羽が言うのを聞いて、欽兵衛は「言っていいのか」とばかりに驚いた顔をした。甚兵衛も驚きを露わにする。

「なんと、隆祐さんがそのような。お役人には任せておけないと思われたんでしょうか」

「何か思うところがあるようです。もしや、善太郎さんに大きな借りでもあったのでしょうか」

「いいえ、手前が知る限りそのようなことは。仲のいい幼馴染、というだけのはずで」

甚兵衛も意外そうではあったが、「ただ」と言い添えた。

「善太郎は男兄弟がいませんでしたから、二つ違いの隆祐さんを兄のように思っていたところがありました。隆祐さんもそれを承知で可愛がってくれましたから、普通の友達というより深い思いはあったかもしれません」

「ああ……そうなんですね」

弟の仇討ち。そう考えれば、隆祐の心情もわかる気がした。

「善太郎さんは隆祐さんに、店が潰れたことについて、土地絡みで不審がある、という考えを漏らしていたそうですが」

え、と甚兵衛は眉を上げた。

「隆祐さんが。ははあ、お役人様から土地を取られたことで不審に思えることはないか、としきりに尋ねられましたが、そのことがお耳に入っていたのですな」

甚兵衛は得心したように言ったが、不審な点云々(うんぬん)については曖昧だった。

「確かに善太郎は、店を奪われた経緯に何かあるのでは、としきりに疑っておりました。しかし店が潰れたのは手前の不甲斐なさからで、誰かに何かされた、というものではございませんで」

お恥ずかしいことです、と甚兵衛は俯いた。

「そう言えば、お役人様は常葉屋さんという名をしきりに出されて、何か知らないかと仰せでしたが、手前は常葉屋さんを存じませんのでそうお答えしましたら、お気に召さないご様子でした。どういうことでしょうか」

「常葉屋さんは、この辺り一帯を買い付けようとなさっています」

「え、そんな話があるのですか」

甚兵衛は全く知らなかったようだ。

「でも、うちの店は田村屋さんのものになりましたのに」

そうですね、とだけお美羽は言った。甚兵衛は事情がよくわからずに困っている様子だったが、今はこれ以上ややこしい話をしない方がいいだろう、とお美羽は思っていた。

ここでうまい具合に、欽兵衛が咳払いした。深入りしてしまわぬよう、欽兵衛も気を遣ったようだ。

「とにかく、大変でしたな。一日も早く、下手人が捕まりますよう願っております」

欽兵衛の言葉に、甚兵衛は「恐れ入ります」と頭を下げた。

十一

「そうか。丸伴屋の甚兵衛殿は、常葉屋については知らなかったか」

翌日、手習いの仕事から帰ったところでお美羽から話を聞いた山際は、やはりな、という顔をした。

「善太郎は隆祐にも、常葉屋の名を出していない。丸伴屋が潰れた時には、常葉屋はまだ表に出ていなかったわけだからな」

「善太郎さんは江戸に来て、どこかで常葉屋のことを掴んだんでしょうね。そこで常葉屋に直にねじ込んだりしたんでしょうか」

「そんな単純な話なら、常葉屋を探っている岡っ引きが気付いて、青木さんの耳に入れているだろう」

もっともだ。それでいきなり手を下すほど、常葉屋も不用意ではあるまい。

「善太郎が江戸でどう動いていたか、隆祐がちゃんと調べてくれればいいが」

山際がそう漏らした時、まるで聞いていたかのように喜十郎が現れた。

「おう、山際さんにお美羽さん。丁度良かった。聞きてえことがあるんだ」

喜十郎はいかにも岡っ引きらしい、厳しい顔になっている。面倒事のようだ。

「喜十郎親分、何事ですか」

「あんたら、杤木屋の隆祐って奴を知ってるかい」

お美羽と山際は、思わず顔を見合わせた。

「ええ、知ってます。隆祐さんが、何か」

喜十郎は、二人をじろりと一睨みしてから顎をしゃくった。

「番屋まで付き合ってくれ」

喜十郎は何も言わず、南六間堀の番屋にお美羽たちを連れて行った。隆祐に何かあったのか、と不安になったが、それなら喜十郎も初めからそう告げるはずだ。もしかして、しょっぴかれたのか。

喜十郎が番屋の戸を開けて、中を示した。隆祐が、困惑した表情を浮かべて土間の筵に座らされていた。咎人みたいな扱いだが、縄はかけられていない。

「いったい、どうしたんだ」

山際が隆祐と喜十郎を交互に見て、聞いた。

「ああ、山際さんにお美羽さん。助かった」

隆祐が安堵の息を吐く。喜十郎は、黙ってろとばかりに睨みつけてからお美羽たちに言った。

「この野郎、善太郎の亡骸が見つかった霊巌寺裏から門前仲町の辺りを、嗅ぎ回っていやがったのさ。善太郎を見た奴がいねえか、ってな」

ああ、とお美羽は隆祐に目を向ける。

「約束通り、善太郎さんが殺される前にどこで何をしてたか、探ってたんですね」

そうなんで、と頷く隆祐を横目に、喜十郎は不愉快そうな顔をする。

「そんなこたァ、俺たちの仕事だ。霊巌寺裏から通り沿いに北も南も、とっくにさんざん聞き回ってる。それでも何も出てねえってのに、素人が何しようってんだ」

「隆祐さんは善太郎さんの幼馴染なんですよ」

「聞いたよ。だからって、勝手にこっちの邪魔されちゃァな」

「何もしょっぴかなくてもいいじゃありませんか」

「しょっぴいたってわけじゃねえ。だが俺たちの目から見りゃ、怪しいに決まってるだろうが。こいつが手を下した張本人で、誰にも見られなかったか改めて確かめてたのかもしれねえだろ」

お美羽は呆れて言い返した。

「さすがにそれは……」

「摑まえて話を聞いたら、あんたらの名前を出した。それで確かめるために、来てもらったんだ」

なるほど、と山際は言って、隆祐に確かめた。

「一昨日のことを、親分に話したのか」

「ええ、話しましたよ。手分けして探ろうってことも」

そうか、と山際は頷き、喜十郎に笑みを向けた。

「この男の言う通りだ。もう放してやってくれ」

喜十郎は舌打ちして、隆祐に「行っていいぞ」と手を振った。隆祐はほっとした顔で立ち上がり、お美羽と山際に礼を言った。

「やれやれ、お騒がせしました」

別に隆祐が騒がせたわけではないのだが。お美羽は着物の裾のほこりを払っている隆祐に聞いた。

「それで、何かわかったことはあるの」

「いや、それが」

隆祐は頭を掻いた。

「親分の言う通り、善太郎を見たって人は見つからなかった。でも、もうちょっと頑張ってみるんで」

隆祐はそれだけ言って、長居は無用とばかりに出て行った。喜十郎は面白くなさそうだ。

「幼馴染か何か知らねえが、好きにさせとくのは気に入らねえな」

「まあそう言わず、友のために何かしてやりたい、という気持ちは汲んでやってくれ」

山際が取りなすと、喜十郎は不承不承という様子で「山際さんがそう言うなら」と応じた。

「で、そっちは常葉屋について探る気ですかい」

喜十郎も、常葉屋が北森下町でやっていることは全て承知しているようだ。

「ああ。隣に強面まで送り込んできたからな。黙っているわけにもいかん」

あんまり目立って動かれちゃ困るんだが、と喜十郎は渋い顔をする。

「まあ、青木の旦那からも入舟長屋にゃ特に目配りするよう言われてるんでね。その強面が何かしてきやがったら、遠慮なく言ってくれ」

「そう言ってもらえると心強いです。さすが喜十郎親分」

お美羽が持ち上げると、喜十郎は少し気を良くしたようだ。まあ任せろ、と胸を張った。

「ところで、旦那からは田村屋にも目を配っとけと言われてるんだが」

「ええ。常葉屋に対抗してくれるそうなので」

お美羽は、充治が常葉屋を制するため土地を買おうとしていることを話した。へえ、と喜十郎は驚く。

「そこまでするとは、豪儀な話だ。それであの隆祐って奴も、田村屋の張り番をしてるのかい」

え、とお美羽は首を傾げた。

「田村屋の張り番って、何です」

おや、聞いてねえのかと喜十郎は訝しむように言った。

「旦那に目配りしろって言われたんで、今朝うちの吾郎吉に、田村屋の様子を見に行かせたんだが、その時に隆祐が田村屋を窺ってるのを見つけてな。常葉屋の手先だったらいけねえと、張り付いたんだ。するってえと隆祐は、しばらく田村屋を見張ってから門前仲町の方へ行って、聞き込みを始めやがった。で、霊巌寺裏まで来たところで、吾郎吉もさすがにこりゃあ放っとくわけにもいかねえと思って、番屋に引っ張ったってわけさ」

けどまあ、あんたらの仲間だってんならいいさ、と喜十郎は言った。

「はい、そういうことですので」

お美羽は笑みで応じたが、内心はざわついていた。隆祐は田村屋について、ひと言も口にしていなかったのに。山際をちらっと見ると、その顔にも懸念らしきものが浮かんでいた。


その日の夕暮れ時である。お美羽はお糸やお喜代と一緒に湯屋に行った。昼下がりには雪もちらついていたので、だいぶ冷え込んでいる。三人は白い息を吐きながら、湯冷めしないように急ぎ足で長屋へと戻った。

「どうもあの地震以来、雨漏りがだんだんひどくなってきてさ」

お喜代が言った。やはり建物の歪みが進んでいるようだ。

「和助さんにちょっとは直してもらったんだけど、このままだとどうかなあ、って」

お喜代は少し間を置いてから、おずおずと尋ねた。

「ねえお美羽さん、長屋を売る話、その後どうなってるんだい」

聞こう聞こうと思ってたけど、何だか聞き難くてさ、とお喜代は言った。

「ああ、その、寿々屋さんも何かと大変らしくてね」

つい言葉を濁したが、お喜代は察したようだ。

「やっぱり売るんだね」

「いえ、まだはっきり決まったわけじゃない。決まったらちゃんと言うから」

その場合は、皆の行く先についてもしっかり話を固めておきますから、とお美羽は請け合ったが、お喜代は長屋がなくなるのはもう確実、と捉えたようだ。

「若旦那のお店が、あんな風になったままじゃねえ」

お喜代は嘆息しながら言った。宇多之助の店は、相変わらず客足が戻っていない。艶の雫は売りだせないままだが、その後同じようなことは起きていないので、悪さはあれ一度で終わったようだ。追い討ちをかけるような読売も出ていない。しかし評判が元に戻るには、まだしばらくかかるだろう。

「ほんとに、何だか口惜しくて。せっかく皆さんと馴染んで、うまく行ってたのに」

お糸が寂しそうに言う。長屋の誰もが同じ思いだろう。背中から寒気が入ったような気がして、お美羽はちょっと身を震わせた。

長屋の前まで来た時、お糸が急に顔を強張らせて足を止めた。何なの、と前を見ると、例の強面三人組が通りに出て、こちらを見てニヤニヤ笑っている。まったくいけ好かない連中だ。お美羽は無視して長屋に入ろうとした。

「おいおい、そんなに嫌そうにするなよ」

三人の兄貴分が、いきなり声をかけた。お糸が竦み上がり、さっと木戸に駆け込んだ。三人は舌打ちし、お美羽に向かった。

「こりゃあ、大家さんの娘さん。へえ、湯上りは特に艶っぽいじゃねえか」

そんなことを言いながら、好色そうな目でお美羽をじろじろ眺めている。お喜代が怒って声を荒らげた。

「何だいあんたたち。お美羽さんにちょっかいなんかかけたら、痛い目に遭うよ」

うん？　とお美羽は横目でお喜代を見る。それ、本気で言ってるよね。だが強面連中は、ただの強がりと思ったようだ。

「痛い目ねえ、そいつは困るな」

年増にゃ用はねえよ、とお喜代を押しやるようにして、笑いながらお美羽を取り囲む。一人がお喜代を睨んだ。お喜代は慌てて長屋に入った。亭主の栄吉か、欽兵衛を呼ぶつもりだろう。

「隣のよしみだ。そう邪険にするなよ。ちょっと一杯付き合ってほしいなんて、思っただけじゃねえか」

ちょっと一杯？　冗談じゃない。

「あんたたちに付き合う気なんか、これっぽっちもないわよ」

兄貴分が笑った。

「威勢がいいねえ。そういうのも、俺ァ好みだが」

まずいな、とお美羽は思う。山際は、今夜は知り合いと飲みに出かけているはずだ。他に腕っぷしを当てにできる者は、長屋にいない。まさか本気でお美羽を連れ込むつもりではなく、ただの嫌がらせだろうが、どうにもしつこい……。

「おい、何してるんだ！」

三人組の後ろから、怒声が飛んだ。三人が振り向く。声の主が目に入り、お美羽はあっと思った。充治だ。

「何だい、あんたは」

「ここに縁のある者だ。乱暴するなら、役人を呼ぶぞ」

ほう、と兄貴分が凄味のある笑いを向ける。

「乱暴してるように見えるかい」

「いいからその人から離れろ」

三人の一番下っ端らしいのが、これに怒った。

「何だこの野郎、偉そうに。やる気か」

一歩充治の方に踏み出したが、充治は退きもせず、逆に腕をまくった。それを見た兄貴分が、手下を止めた。

「やめとけ。面倒なことになる」

手下は舌打ちし、充治を憎らしそうに睨みつけてから、兄貴分に続いて家に入った。

戸が閉まると、お美羽は充治に駆け寄った。

「ありがとうございます！　助かりました」

いやいや、と充治はかぶりを振る。

「たまたま来合わせて、良かった。あれが常葉屋の雇った連中ですね」

はい、とお美羽は言って、憎たらしい隣家を見つめた。

「でも、喧嘩にならなくて良かったです。充治さんが怪我でもしたら」

本気で心配したが、充治は笑い飛ばした。

「ただの嫌がらせでしょう。怪我人を出して役人が来るのは、あいつらだって願い下げのはずだ」

それに、と充治は腕をまくって見せた。へえ、とお美羽は驚く。充治の腕は、秀麗な顔に似合わず、太くて強そうだった。

「小さい頃から、親父に材木を担がされてましたから。川並人足に舐められちゃいけない、ってね。今だって、あの程度の二人や三人なら、相手にできますよ」

「わあ、すごいですね」

お美羽の頰が、また熱くなった。そこへばたばたと、欽兵衛が飛び出してきた。栄吉も一緒だ。

「お美羽、大丈夫かい。隣の奴らが……おや、田村屋さんじゃありませんか」

意外な成り行きに、欽兵衛は惑い顔になった。栄吉はお美羽と充治の様子を見て、

「こいつはお邪魔だったかな」としたり顔で呟くと、家に戻って行った。

「どうしてここに」

ああそうだ、と充治は頭に手をやった。

「お話があったのです。こんな刻限に恐縮ですが、お邪魔してよろしいですか」

お美羽と欽兵衛は慌てて、どうぞどうぞと充治を招じ入れた。

座敷に座り、改めて欽兵衛とお美羽から礼を言われた後、充治が切り出した。

「先ほど、寿々屋さんに参りまして、ここを含めた周りの土地を買い受けたい、と正式に申し入れました」

「えっ、もうお話を」

これには意表を突かれた。充治がお美羽に、常葉屋の先手を打ってこの周りを買う、と言ったのは、つい一昨日のことだ。たった二日で決めて、そこまで進めるとは。

「寿々屋さんは、お売りになるのですか」

欽兵衛が聞くと、充治は明るい顔で答えた。

「もちろん、その場でお決めにというわけではありませんが、喜んでいただけたようで、前向きに考えた上で、日を置かずにご返事をいただけるとのことでした」

うんうん、とお美羽は内心で頷く。宇吉郎にとって、悪い話ではないはずだ。話が大きいので即答は避けたとしても、常葉屋に売りたくない以上、この申し出を受けるのが最善なのは、間違いない。

「何度も申しますが、話が決まりましたら、入舟長屋と隣の長屋の皆さんの移り先は、ちゃんと手当てさせていただきます」

「それは大変有難いことですが」

欽兵衛は少しばかり憂いを浮かべた。

「あの、お金の方も相当なものになるのでは」

お美羽は眉をひそめた。欽兵衛は失礼にも、田村屋の資金繰りは大丈夫なのかと聞いているのだ。それを承知してか、充治は「はい」と微笑む。

「正直、軽くはありません。でも、出すだけの値打ちはある、と踏んだのです。身代賭けて、というと大袈裟ですが、そのくらいの覚悟でやります。お金の目途は、一応ついております」

いかにも自信ありげな返答に、お美羽も欽兵衛も「ほう」と目を見張った。

「これは、感服いたしました。さすがはそのお歳であの大店を切り盛りされるお方です。寿々屋さんも、さぞ安堵なされているでしょう」

「いや、私はそれほどの者ではありません。周りの皆さんのお導きで、何とかやれている次第です」

少し照れたような顔で謙遜するのもごく自然に見えて、お美羽はまた好感を持った。ふと気付くと、充治がこちらをじっと見ている。どうしたんだろう。そこで思い当たり、かあっと頭に血が上った。まさか今ここで？　いや、もしかしてやっぱり……。

「ええと、それであの、申し上げようかどうしようか迷ったのですが……」

急に態度が変わり、もじもじし始めた充治に、欽兵衛は驚いたようだ。

「いったい、どうされたのですか」

顔に困惑を浮かべて聞く欽兵衛に、充治はちらりとお美羽を窺ってから、切り出した。

「あの、きちんと筋を通して申し上げるべきことなのですが、失礼を承知でこの場で……よろしいでしょうか」

「はあ、構いませんが、どういうことでしょうか」

「じ、実はその……」

充治が真っ赤になって俯いたので、欽兵衛はますます当惑した様子。充治はしばし躊躇った挙句、ようやく蚊の鳴くような声で言った。

「お美羽さんに……お美羽さんさえよければ、私の嫁になっていただけないかと……」

来たーッ！　お美羽は拳を握って飛び上がりそうになった。

「もちろんご返事は、よくお考えいただいた上で。ご内諾いただければ、然るべきお方を間に立てまして、正式にお話をさせていただきます」

充治は気を取り直したように、丁重に挨拶して帰って行った。欽兵衛は半ば呆然とし、お美羽は夢見心地になって「どうしましょ、どうしましょ」と繰り返している。

「いやあ、あれほどの大店の若旦那が、ご自分で言って来られるとは意外だったよ」

それだけ私を大事に思ってくれてるってことじゃない、とお美羽は踊り出しそうな頭の中で思った。

「正式に話を、となると、やっぱり寿々屋さんが仲立ちかな。そうすると媒酌も……」

欽兵衛は早くもそんなことを呟き始めている。

「しかし待った甲斐があったねえ。残り物には福と言うか、こんないい話があるとは」

誰が残り物よ。

「ちょっとお父っつぁん、落ち着いて。長屋が売られるって話の方が先よ。みんなにきちんと話す用意をしておかないと」

実は欽兵衛より舞い上がっている自分を抑えるため、お美羽は言った。欽兵衛も思い出したように真顔に戻る。

「そうだ、浮かれてばっかりいられない。長屋のみんなのことを、ちゃんとしなきゃ」

大家である以上、店子のことには最後まで責任がある。改めてそれを思い出したか、欽兵衛はふうっと嘆息した。

「明日、寿々屋さんに行かなくちゃならないね」

そうよ、しっかりして、とお美羽は欽兵衛の背を叩いた。

翌日、朝の内から出向いた欽兵衛とお美羽を、宇吉郎はいつも通りの笑顔で迎えた。

「おお、朝からご苦労様です。こちらからお呼びしようと思っていたところで」

欽兵衛は挨拶の後、昨夜充治が来たことを話した。宇吉郎は充治が話していった内容を聞いて、その通りで間違いないと頷いた。

「では、いよいよお売りになることが本決まりになったのですね」

念を押すように欽兵衛が聞く。宇吉郎は「長屋の皆さんには申し訳ないのですが」と顔を曇らせた。

「田村屋さんがお持ちの土地に新しい長屋を建てる話もございますが、そうなったら、欽兵衛さんとお美羽さんもそちらで大家をなされては」

「あ、それなのですが」

欽兵衛はお美羽に頷いてから、言った。

「田村屋の若旦那さんから、お美羽に有難いお話をいただきまして」

宇吉郎は充治からの申し出のことを聞くと、破顔した。

「それはそれは。誠におめでとうございます」

宇吉郎はお美羽に向かって、「お美羽さんも承知なさいましたのですな」と確かめるように問うた。お美羽は「はい」としおらしく俯いた。

「田村屋さんならば、大変良いご縁です」

宇吉郎は目を細めて言った。

「でも、あちら様にはいろいろと根回しも要りましょう。急がず、ゆっくり話を進めることです」

正式のお話となれば、もちろん仲立ちの方はさせていただきますとも、と宇吉郎は言ってくれた。欽兵衛も喜んで、よろしくお願いしますと何度も言った。

ずっと宇吉郎に可愛がってもらっていたお美羽には、感慨深いものがあった。これで安堵してもらえれば、お美羽も嬉しい。だが、ふと気になった。宇吉郎がさっきの言葉で、急がず、というところを強めに言ったように思えたのだ。何だろう。

考え過ぎかな。

十二

それから三日経っても、お美羽は足元がふわふわしたままでいた。桶に躓いたり、洗濯物を落としたり、茶碗を割ったり。常のお美羽には似合わないことばかり仕出かすので、千江が尋ねた。

「どこかお具合でも悪いんですか」

生真面目に心配する千江を見て、お喜代が笑って袖を引いた。

「違うよ千江さん、あれはねえ、きっといい話だよ」

えっ、と振り返った千江は、お喜代の顔を見てようやく合点がいったらしい。一転して笑顔になった。

「まあお美羽さん、いいお話があったのですか」

「えっ、いえその、まあ何というか、いやーいい天気ですねえ」

どうにも間の抜けたことを返してしまったが、今はまだ充治のことは言わないでおく。結納とか、正式な話になってからだ。長屋の先行きが大変なのに、自分だけ喜んでいるわけにはいかない。

　とはいうものの、どうしても折々、顔や態度に出てしまうのは抑えようもなかった。たまたまやって来た青木にまで、いったい何だと聞かれる始末だ。なんでもないですから、と懸命に言い募った。

「ところで青木様、何かうちにご用ですか」

　常の見回りでは、青木はここまで滅多に来ない。とすると、常葉屋の件か。

「あれに関わることでしたら、どうぞ中へ」

　小声で家に招じ入れようとしたが、青木は「いや、いい」と断った。

「この辺りを見に来ただけだ」

　ただ見に来ただけ？　お美羽は怪訝に思った。

「改めて何をご覧に」

　青木はどう答えたものか、迷うような様子だったが、「こっちへ」とお美羽を通りに連れ出した。

「堀のことだ」

長屋から見えなくなったところで、青木が言った。が、それだけでは意味がわからない。

「堀って？」

「ここに長屋が建つ前にあった堀だ。あれをもう一度作れないか、って話があってな」

「埋めた堀を、掘り返すって言うんですか」

これにはお美羽も驚いた。せっかく使える土地になったものを、どうして。

「できるんですか、そんなこと」

「そりゃあ、金さえかけりゃできるさ。だがもちろん、勝手にはできねえ。それで、本所方に伺いを立てたんだ。堀に戻してもいいか、ってな」

本所方？　聞いて思い出した。常葉屋と高津屋が本所方与力と会合を持っていた、という話だったではないか。お美羽はすぐに尋ねた。

「お伺いを立てたのは、常葉屋ですか。高津屋ですか」

「いや……田村屋だ」

え、とお美羽は呆気にとられた。充治が、どうしてそんなことを。

「田村屋が何を考えてるのかは、わからねえが。しかし、寿々屋はここを田村屋に売る気だって聞いてるぜ。そうすると、丸伴屋の跡地と合わせて、もとの堀だったところは全部、田村屋のものになる」

「でも、せっかく買った土地を堀に戻してしまっちゃ、使い道が」

「ああ、そうだな。だから、ここが堀になったらどうなるかと思って、周りの様子を確かめに来たんだ」

「それは、ご苦労様です」

言ってからお美羽は、疑問を感じた。それは定廻りの仕事ではないのでは。それを聞いてみると、青木は「確かにな」と応じた。

「だが、常葉屋が狙ってる土地だ。見過ごせねえからな。本所方の同心の中にもいろいろ話ができる奴はいるんだ」

そうか。青木の朋輩が、そっちにも関わりがある話かもしれないぞと、こっそり耳打ちしたのだ。

「で、ご覧になってどう思われますか」

うむ、と青木は首筋を搔いた。

「見ただけじゃ、何とも言えねえな。堀にするなら船を入れるつもりだろうが、さて船を入れてどうするのか」

青木は、お前に考えはあるか、という目でお美羽を見た。無論、お美羽にも見当がつかないので、かぶりを振る。だが、胸の内はもやもやし始めていた。これは充治に聞いてみなくては。

青木が帰るのを見送ると、お美羽は「出かけてくる」と欽兵衛に告げて、田村屋に向かった。木場は若い娘が来る場所ではない気がして、この前は気後れしていたのだが、今は許嫁(いいなずけ)同然なのだ。遠慮することはない。

暖簾をくぐって名を告げ、案内を請うた。手代はお美羽の名を聞いても、特に驚いた様子も、急に愛想が良くなることもなかった。まだ充治から何も聞いていないのだろう。とはいえ、充治にはすぐに取り次いでくれた。

「ああ、お美羽さん、済みません」

充治は、手代の愛想のなさを詫びた。やはりお美羽とのことは、店の者にはまだ告げていないという。

「いずれちゃんと手順を踏んで披露いたしますので、いま少しお待ちを」

「いえ、もちろん様々に気配りが要ることは承知しております。どうかお気になさらず」

お美羽は明るく微笑んで言ったが、聞くべきことはきちんと聞かねば。

「あの、今日伺いましたのは、入舟長屋の場所にあった堀のことで」

「堀の？」

充治は怪訝な顔をした。

「はい。入舟長屋を取り壊した後、元あった堀をもう一度掘り直すことをお考え、と聞きまして」

充治の顔が、僅かに引きつったように見えた。

「誰からお聞きになりましたか」

「八丁堀の青木様からです。先ほど、うちの方に来られまして」

「ああ、八丁堀の。左様でございましたか」

充治は得心したように笑いかけた。

「いえ、掘り直す、と決めたわけではありません。ただ、地面の方がもし思ったより弱ければ、大きな建物を建てるのにだいぶ地固めが必要になります。そのためにお金をかけるくらいなら、いっそ堀に戻してそこを使う工夫はないか、と考えまして。そこでお役人様のお考えをお尋ねしてみたのです」

充治の答えは、淀みがなかった。堀を復活させるのは、考えている策の一つに過ぎない、ということらしい。

「そういうことでしたか。堀にしてしまっては、建物を建てる土地が少なくなって、かけたお金を取り戻せないのでは、と要らぬ心配をしてしまいました」

「いえいえ、そこはもちろん、損が出ないよう考えております。お気遣いいただき、ありがとうございます」

充治は礼を言ってから、笑みを消さぬままで問うた。

「堀の話は本所方のお役人様にしたのですが、青木様は確か定廻りですね。もう耳にされていたのですね」

「ええ、お知り合いがおられるようで」

まあ同じ奉行所の中ですから、様々なことが伝わるのでしょう、と充治は言った。

「お美羽さんは、青木様と懇意にされているのですか」

「はい、大変お世話になっています」

捕物を手伝ってます、なんて言ったら、どう思われるか。

「お美羽さんは、顔が広くていらっしゃるんですね」

充治はそんな風に言って、また笑った。お美羽は照れ笑いを返したが、胸の奥底で引っ掛かるものがあった。充治はお美羽と青木が親しく話していることを、妙に気にしているようだ。まさか嫉妬ではないと思うが、何が気に入らないんだろう。


充治に送られて、お美羽は田村屋を出た。取り敢えず、堀についての充治の考えはわかった。正直、あそこをもう一度堀にしても、あまり意味はなかろう。二ツ目通りに面して店を作り、裏手になる堀へ荷を運ぶ船を入れる、というぐらいか。埋める前には、実際にそういう使われ方をしていたが、その店は潰れている。わざわざ自前の堀を作るほどの商いをするには、場所がもう一つなのだ。充治も、すぐに諦めるだろう。

そこまで考えた時、目の端に覚えのある姿を捉えた。さっとそちらを向く。田村屋の斜向かいの指物屋の陰にいた、隆祐と目が合った。お美羽が田村屋に出入りするのを、ずっと見ていたようだ。いや、前に喜十郎の下っ引きの吾郎吉に見られた時と同様、田村屋を見張っていたのか。

お美羽は手を上げ、隆祐を呼ぼうとした。が、隆祐はさっと身を翻すと、建物の間から裏手に抜け、姿を消してしまった。

いったい何なんだ、とお美羽は眉根を寄せた。充治から嫁にと言われたおかげで、隆祐のことはすっかり頭から抜け落ちてしまっていた。あいつは、善太郎のためにずっと奔走し続けているのだろう。それを考えると申し訳ない気持ちになったが、何故田村屋を見張るような真似をするんだ。確かに丸伴屋を借金のカタに手に入れたのは田村屋だ。だが隆祐自身、怪しいのは常葉屋だと認めていたではないか。今さら、どういうつもりだ。それに、どうして私を見て逃げるんだ。

これは、もう一度隆祐を摑まえて、頭から事情を聞き直さねば。明日にでも長谷川町へ行こう、とお美羽は決めた。

翌日、朝餉の片付けを終え、洗濯物を干してから、お美羽は長谷川町に向かった。

山際にも来てもらおうかと思ったが、手習いの師匠の仕事をあまり邪魔しても悪い。行き先が隆祐の店なら、危ないことは何もないだろうし。

枡木屋の店は、間口五間ほど。聞いた通り、お千佳の店よりちょっとだけ大きそうだ。表に立つと、暖簾の隙間から、番頭と客が広げた反物を挟んで商談をしているのが見えた。そこそこ流行っている店らしい。お美羽は紺色の暖簾を分けて、店に入った。

「いらっしゃいませ」

買い物客だと思った手代が、満面の笑みで近寄ってくる。お美羽は商品には目を向けず、手代に隆祐に会いたい旨を伝えた。

「ああ……はい。少々お待ちを」

手代は慌てたように奥に引っ込んだ。そのまま待つと、奥から胡麻塩頭の小柄な人物が出て来た。どうやら主人らしい。

「入舟長屋のお美羽さんでいらっしゃいますか」

どうやらこちらの名は耳にしているようだ。隆祐が出てくると思っていたお美羽は、父親の登場にどう言ったものか困った。

「はい。あの、隆祐さんに……」

「手前が父親の隆右衛門、こちらが上の倅の隆次郎でございます。どうぞ奥の方へ」

手代と思ったのは、隆祐の兄だった。お美羽は恐縮しつつ、奥座敷へと通った。

「このたびは、倅隆祐がいろいろと御迷惑をおかけしておりますようで、誠に相済みません」

対座した隆右衛門に丁寧に頭を下げられ、お美羽は驚いた。

「いいえ、迷惑だなんて。寧ろ、お助けいただいているようなもので」

いやいや、と隆右衛門はかぶりを振る。

「商いを放り出して、勝手に動き回っておるようで、困ったものです」

「でもそれは、幼馴染の善太郎さんの無念を晴らしたいとのお気持ちからでございましょう」

「そう言ってはおりますが……そのようなこと、お役人にお任せすれば良いことで、素人が邪魔して良いものではございますまい。揚句に、あのような始末で」

あのような始末？　何かあったのだろうか。

「隆祐さんは、どうされたのですか」

それが、と隆右衛門は嘆息し、襖の向こうに「出て来なさい」と声をかけた。それに応じて襖がそろそろと開き、隆祐が顔を見せた。

「あらまあ、どうしたんですか、それは」

隆祐を見たお美羽は、思わず大声を上げた。隆祐は額にたんこぶ、目の周りには黒くなった痣、腕にはさらしを巻いていた。暴れ牛にでも撥ね飛ばされたかという有様で、二枚目が台無しだ。

「余計なことに走り回った揚句、この始末でして」

隆右衛門がもう一度大きく嘆息した。

「いやお美羽さん、面目ねえ。すっかりやられちまった」

隆祐は苦笑したが、笑みが引きつった。まだどこか痛むようだ。

「もしかして、常葉屋の連中？」

お美羽は気色(けしき)ばんだ。だとしたら、許せない。だが隆祐は、困った顔をした。

「それが、わからないんですよ。昨夜遅く、家に帰る途中、浜町堀沿いの武家屋敷の暗がりでいきなり襲われて」

抗おうとしたが、相手は三人で逃げるのが精一杯だった、という。

「浜町堀に投げ込まれそうになったんですが、何とか振り切ってきました」

堀に投げ込むとは穏やかではない。まさか、殺す気だったのかとお美羽はぞっとした。隆右衛門の方はそこまでは思っていないようで、「だから素人が首を突っ込むもんじゃないんだ」と厳しい目で言った。

「お役人には届けたんですか」

「いえ、ただの喧嘩ってことにされるだろうと思って」

「何言ってるの。青木様なら事情はご存じです。私から話します」

それを聞いて、隆右衛門は「重ね重ね、ご面倒をおかけします」と済まなそうに言った。そこでお美羽は「ちょっと隆祐さんとお話しさせていただいてよろしいですか」と暗に席を外すよう頼んだ。隆右衛門は眉をひそめたが、「承知いたしました」と下がって襖を閉めた。

「さて」

隆祐と向き合うと、お美羽は目を怒らせた。

「昨夜襲われる前に何をしてたか、話して頂戴」

お美羽の強い視線で射られた隆祐は、「ふう」と肩を落とすと、「もっと証しを挙げてから言いたかったんだが」と呟いてから、話し始めた。

「昨日の昼、田村屋の前でお美羽さんに見られちまったでしょう」

「ええ。あなた、田村屋さんを見張ってたの」

その通りだと隆祐は認めた。

「どうして田村屋さんを。悪巧みをしてるのは常葉屋だって、あなたも承知よね」

「うん。だから常葉屋は、山際さんとお美羽さんで調べるってことだったろ。こっちは善太郎の足取りを探ったんだが、まずあいつが江戸でどこに泊まったか、だ。俺のところに来そうなもんだが、迷惑かけたくなかったんだろうな。いずれ手を借りるかも、なんて文に書いて来たんだから、最初から俺に声かけてくれりゃ良かったんだ」

隆祐はいかにも口惜しそうに言った。

「で、どこに泊まってたの」

「富ヶ岡(とみがおか)八幡宮(はちまんぐう)の傍だ。参詣人相手の木賃宿。子供の頃、一緒にあの辺まで遊びに行ってお参りしたことが何度かあって、もしやと思ったら、案の定だった」

「ああ、それで門前仲町から殺しのあった場所まで、聞き込んでたのね」

門前仲町は、富ヶ岡八幡宮のすぐ西側だ。そこでお美羽は気付いた。富ヶ岡八幡宮は、木場からも近い。

「もしかして、善太郎さんは田村屋さんを探ろうと?」

だと思う、と隆祐は頷いた。

「善太郎は怪しいのが誰かってことは言ってなかった。けど、あいつは常葉屋とは会ったこともないはずだ。丸伴屋を借金のカタに取ったのは、あくまで田村屋だ。だからまず田村屋を探ろうと考えるのが、当然じゃないか」

言われてみれば、その通りかもしれない。だが、田村屋を探った結果、善太郎が常葉屋に行き着いていたとしたら、今さら隆祐が田村屋から辿り直す必要はないのでは。それを言ってやると、隆祐は「そこなんだが」と眉間に皺を寄せた。

「宿で確かめたら、善太郎が江戸に来たのは殺される二日前だったんだ」

「たった二日前?」

お美羽は意外に思った。もう少し前に来ていると、勝手に考えていたのだ。しまった、甚兵衛に善太郎がいつ江戸に向かったか、聞いておくべきだった。

「考えたんだが、二日で常葉屋まで行き着いて、口を塞がれるほどのことを探り出すってのは、さすがに無理があるんじゃないか」

どうだろう、とお美羽は首を捻る。善太郎はその間に、入舟長屋にも寿々屋にも来ていない。田村屋は見張っていただけで、話を聞きに行ったわけではない。とすれば、常葉屋の名を耳にすることはなかったかもしれない。しかし、だとすると……。

「隆祐さん。まさか充治さんを疑ってるんじゃないでしょうね」

「いや、それは」

隆祐は否定しようとしたが、その目付きが「疑ってます」と言っていた。お美羽はさすがにむっとする。

「充治さんは、常葉屋の企みを潰そうと頑張ってるのよ。それを疑うって言うの」

「いやだから、そうは言ってないって」

隆祐は懸命に言い逃れようとした。

「だいたい、田村屋さんを見張ってることをどうして言わなかったのよ。これじゃ、あんたが怪しく見えるわよ」

怪しいと言われて、隆祐は慌てた。

「じょ、冗談じゃない。俺が常葉屋と繋がってるとでも言う気かよ」

「だったら、何でよ」

「そりゃあ言い難いだろ。だって、お美羽さんはあの充治といい仲になりかけてるから……」

途端にお美羽は、自分の顔が真っ赤になるのを感じた。何てこと、隆祐にも知られてたか。

「そっ、それはねえ、えーっと……もう、関係ないでしょ！」

ふんっと顔を背けると、隆祐の苦笑いが聞こえた。くそっ、何だかむかつくわ。このことに深入りされるのは面白くない。話を戻さないと。

「で、昨夜のことだけど」

ああ、そうそうと隆祐も真顔に戻る。

「昨夜、暮六ツ（午後六時頃）の少し前だ。あの充治が田村屋から出かけるのを見つけてさ。尾けてみたら、深川黒江町の料理屋に入ったんだ」

　木場の材木屋が深川の料理屋に行くのは、全くもって普通の話だ。お美羽は先を促した。

「誰かに会うのかもしれない、と思ってしばらく様子を見てたんだが、四半刻ほどして、駕籠が二挺着いた。一つは町駕籠で、もう一つは立派なお武家の乗物だった。供侍まで付いてた」

　町駕籠に乗っていたのは大店の主人風で、たぶん四十五、六の恰幅のいい男。武家の方は四十くらいで、お旗本だろうという。高位の役人かもしれない、とも隆祐は言った。

「その二人と充治さんが会ってた、と言いたいわけ？」

　ちょっと端折り過ぎだろう、とお美羽は思った。それは隆祐も認めた。

「確かに、別々の席だったかもしれない。けど、しばらく見てても他に田村屋の相手になりそうな客は来なかった」

「だとしても、普通の商いの話か接待なんじゃないの」

「そりゃそうだ。けど、俺がこんな目に遭う理由は」

　隆祐が自分の顔を指して言った。お美羽もさすがに言葉を返せない。

「うーん……じゃあさ、その駕籠で来た二人、何者かわかる？」

「ああ、お武家の方は家紋が提灯に付いてたんで、そいつは覚えた。商人風の方は、料理屋の女将が迎えに出て、確か高津屋さん、って呼んでたな」

「高津屋？　間違いないの」

隆祐は、いきなり声を高めたお美羽に驚いたようだが、間違いないとはっきり言った。お美羽は呻いた。偶然か。いや、違うだろうと直感が告げる。そんなことって……。

隆右衛門に断って、お美羽は隆祐を引っ張り出した。えらい勢いで怪我人を連れて行くお美羽に、隆右衛門も隆次郎も半ば呆れ顔になったが、引き留めることまではしなかった。

「どこへ行くんだい」

困惑気味の隆祐に、お美羽は「青木様を捜すのよ」と言った。

「この怪我のことを話すわけか」

「ええ。でも肝心なのは、あんたの見た家紋の主よ」

ああそうか、と隆祐は手を叩いた。

「確かに、八丁堀の旦那に聞くのが手っ取り早いかもな」

二人は日本橋通りへ急いだ。ちょうど青木が奉行所から見回りに出る頃だ。うまくすれば、途中で摑まえられる。

鍛冶町で、小者を連れて歩いている青木の後ろ姿が見えた。駆け寄って声をかける。

「青木様、青木様」

青木が振り返り、お美羽を見て厳めしい顔を緩めかけたが、痣だらけの隆祐が一緒なのを見て目を剝いた。

「何だお美羽、こいつが何か気に入らねえことをやったのか。だとしても、ここまで痛めつけなくても」

「私じゃありませーん！」

つい大声を上げたので、通行人が一斉に振り返り、八丁堀の姿を見て、こりゃいけねえと顔を背けた。

「青木様、私がどんな乱暴者だと思ってらっしゃるんですか」

「違うのか」

しれっとして言うので頭に来かけたが、それどころではない。

「こちら、栃木屋の隆祐さんです。話を聞いて下さい」

「わかった」

青木は改めて隆祐を一瞥すると、眉も動かさずに言った。やはりお美羽たちから話を聞いた後で、素性は調べてあったらしい。左手の奥にある番屋を指差すと、さっとそちらに足を向けた。

「こういう紋です」

番屋で紙と筆を出してもらい、隆祐は昨夜見た紋を描いて見せた。青木は紙を取り上げ、しばしじっと見つめた。

「ふん。この紋の侍と高津屋が、田村屋と会ったかもしれん、てぇんだな」

「確かめたわけじゃありませんが」

「そいつは、その料理屋に聞けばいい」

あっさりと青木は言った。お美羽や隆祐が尋ねても言いはしないだろうが、十手を突きつければ料理屋の女将も逆らえないだろう。

「で、それを見たがためにお前は襲われた、と思ってるわけか」

「他に心当たりはありませんから」

「ちょいと面白くなってきたな」

青木はそんなことを言って、ニヤリとした。

「その御紋、どなたかおわかりなので」

焦れたように隆祐が聞いた。「ああ」と青木は事もなげに言う。

「同じ紋の家は幾つもあるが、高津屋と一緒だったなら旗本五百石、押川伊織様だ。屋敷は駒井小路だったかな」

「へえ、さすがは八丁堀の旦那だ。すぐおわかりになるんですね」

隆祐は素直に感心したが、お美羽は青木の目の動きで、何かありそうだと気付いた。

「あの、もしや高津屋のことをお調べになって、そのお方が浮かんでいたのですか」

青木は当然とでも言いたげに、「まあな」と答えた。

「どういうお方ですか。何かお役目は」

「大奥御広敷御用人の筆頭だ」

なるほど、とお美羽は手を打った。が、一方で妙だとも思った。大奥御用達で唐物を扱う高津屋となら、付き合いがあって当たり前だ。それを見られたから隆祐を襲うとは、到底思えない。何か他に理由があったんだろうか。

お美羽の内心は複雑だった。材木商の田村屋とこの二人では、繋がりが見えない。やはり充治はたまたま一緒になっただけで、深い絡みはないのでは。そうであってほしい、とお美羽は懸命に祈った。

そこで急に閃いた。御広敷御用人ですって？　お美羽は弾かれたように立ち上がった。

「青木様、済みません。思い付いたことがあります。これで失礼します」

青木はこの無礼に目を剝いたが、「ああ」と唸っただけで止めはしなかった。寧ろ隆祐が呆気にとられた。

「何を思い付いたんだい」

「話は後で！」

お美羽は突き放すように言うと、番屋の戸を開けて飛び出した。

お美羽は両国橋の人混みを縫い、竪川沿いに道を急いだ。相生町に入り、寿々屋の看板が見えると足を速め、暖簾を撥ね飛ばすようにして店に駆け込んだ。

「あの、旦那様か番頭さんはおられますか」

その勢いのまま店先にいた手代の壮助に言うと、壮助はのけ反りそうになりながら奥を指した。

「旦那様はお出かけですが、番頭さんは帳場の後ろに」

お美羽がそちらを見ると、声を聞きつけた宇兵衛が顔を出した。

「これはお美羽さん。そんなに急いで、どうなすったんです」

まあお上がり下さい、と宇兵衛はお美羽を招じ入れた。お美羽は荒い息をつきながら畳に座った。

「済みません。急いでお聞きしたいことがあって」

はあ、と宇兵衛は訝し気に聞き返す。

「どんなことでしょうか」

「立ち入ったことのようで申し訳ないのですが、節句の催しを理由に二千両求めてこられた大奥の方ですが」

「御広敷御用人様のことですか」

宇兵衛はいったい何だとばかりに確かめた。

「そうです。そのお方は、押川伊織様ですか」

普段は仏頂面の宇兵衛の顔が、驚きに歪んだ。

「どうして押川様をご存じなんですか」

十三

その晩、北森下町から南に少し行った常盤町の小料理屋に、お美羽と山際、青木、喜十郎が顔を揃えた。昼間、青木を放り出す格好になったので、お詫びと説明を、とお美羽が山際に頼んで呼んでもらったのだ。事情からすると聞いておいてもらった方がいい、と思って喜十郎も呼んだのだが、普段偉そうにしている喜十郎は、青木の横だと少しばかり居心地が悪そうだった。

「ふむ、なるほど。寿々屋殿に二千両背負わせた大奥役人と高津屋、か」

山際は顎に手を当てて思案した。

「高津屋と常葉屋は繋がっている、ということだったな」

山際は青木に確かめた。ああ、と青木が頷く。

「では、隆祐を襲ったのは常葉屋の手下かもしれんな」

「その三人が組んで寿々屋を追い込んだ、ってあんたは言いたいんだよな。常葉屋はそれを知られたくなくて、嗅ぎ回ってた隆祐を襲わせた、と」

「そうだ。節句の行事に二千両というのも法外だが、それを返さないというのはもっと乱暴だ。二千両の運上そのものが寿々屋に土地を売らせるための仕掛け、とすれば得心がいく」

山際が自信ありげに言うと、青木は渋面になった。

「仮にも御広敷御用人が、そんなことをするかな」

常葉屋のような評判の怪しい男と簡単にツルむとは思えない、というのが青木の考えだった。

「金で抱き込まれたんじゃねえですかい」

喜十郎が思い付きのように言った。これにはお美羽が疑念を挟む。

「土地の買い取りに加え、御用人に袖の下。お金を掛け過ぎじゃありませんか」

「そうだな。二千両の中から御用人の懐に幾らか入るのかもしれないが、いささか単純過ぎる気がする。それほどのお役の者なら、もっと旨味のある話でないと乗らないのではないか」

山際も首を傾げた。

「本所方与力様も、加わっているんでしょうか」

同じ奉行所内のことなので、お美羽は青木の顔色を窺いながら聞いてみた。すると青木は、あっさり「だろうな」と答えた。青木はその与力のことを、元から良く思っていなかったらしい。「あのお人は、金に汚いってぇ評判だからな」とまで付け足した。

「てぇことは、あの土地に絡んで常葉屋と高津屋、本所方与力様と、大奥の御用人様。これだけの連中が手を組んでるってことですかい。ずいぶんと大きな話じゃねえですか」

喜十郎が、よくわからんという風に顔を顰める。

「青木さん、あの土地を使って大儲けできるような商いに、心当たりはないか」

山際が聞いたが、青木も思案投げ首のようだ。

「見当がつかねえ。戦国大名の隠し金でもあるのかな」

青木は、前にお美羽が考えたようなことを言った。無論、冗談だ。戦国時代、この界隈は海の底だった。

「改めて聞くが、常葉屋の生業は土地を売り買いする以外、何なんだ」

「岡場所や出合茶屋をやったこともある。いずれもうまく行かなくて、二、三年で閉めちまったが」

「どうしてうまく行かなかったんですか」

お美羽が聞いた。

「芝口の近くでやったんだが、場所が悪かったようだな。あまり客がつかなくて、金にならなかった」

その上、役人への根回し、と言うか袖の下が十分でなかったらしく、目を付けられてしまったという。

「そういう商いには、奉行所や町役を抱き込んでおくことが欠かせない、というわけか」

山際が言うと、青木は嫌そうな顔で「まあな」と返した。

「だが今度は、高津屋に加えて本所方や御広敷御用人といった後ろ盾がいる」

「常葉屋がまたそういう商売をする気じゃねえか、ってのか」

山際の言葉を聞いて青木は、まさか、という顔をした。

「大奥の御用人ともあろうお方が、岡場所なんぞに手を出すと思うかい」

それに、どうして北森下町なんだ、と青木は言う。確かにそれに明確な答えはない。そこで喜十郎が口を出した。

「たまたま、丸伴屋の跡を田村屋が手に入れたからじゃねえですか」

三人が、え、と喜十郎の方を向く。

「だって、高津屋と御用人様が会ってた店に、田村屋の若旦那もいたんでしょう。やっぱり、一枚嚙んでるんじゃありやせんか」

「待って下さい。充治さんと他の二人が同じ席にいた、とはまだ確かめられてないんでしょう」

お美羽は青木の方を向く。青木は頭を掻いた。

「一刻前に店に行ってみた。だがあそこの女将、なかなか性根が据わっていてな。客のことは言えねえの一点張りだ。だいぶ金も落としてもらってるようだな」

　ほう、青木さんでも駄目なのか、と山際は却って感心したようだ。お美羽は続けて言う。

「それに充治さんは、常葉屋がうちの周りを買い占めるのを邪魔しようとしてくれてるんですよ。お店の財を傾けてまで、という覚悟なんです」

「それはそうだな」

　山際が取りなすように言った。だがお美羽の台詞には力が入り過ぎたようだ。

「何だい、やけに田村屋の若旦那の肩を持つじゃねえか」

　らしくねえな、と喜十郎が探るような笑いを見せる。

「もしかしてあの若旦那に、嫁に来てくれとでも言われたかい」

　明らかに喜十郎は冗談で言ったようだが、お美羽は顔に血が上って俯いてしまった。喜十郎の笑いが固まり、三人の言葉が途切れた。それから、仰天した様子で一斉に言った。

「そうなのか？」

ばれてしまったのは仕方がない。まだ正式なお話ではないので、と懸命に言ったが。皆はもう決まったも同然のこと、と解釈した。山際と青木は「それはめでたい」と言ってくれたが、喜十郎は充治への疑いを口にした手前、めでたさも中くらい、といった顔をしていた。

「くれぐれも、長屋のみんなには内緒にしてくださいね」

必死になって頼むと、三人は「わかってる」と請け合った。取り敢えずほっとしたが、山際と青木は祝ってはくれたものの、どこか奥歯に物が挟まったような感があった。やはり内心、充治に疑念を抱いているのだ。

どうしたものか、とお美羽は頭を悩ませた。充治の疑いは、自分が解かねば、と思うものの、面と向かって問い質すことは、気持ちの上でもできそうになかった。

高津屋と御用人と同じ時、あの料理屋に居合わせた理由を独りで考えてみる。

（もしや常葉屋と高津屋が組んでいることを充治さんも知ってて、高津屋を探るためにあの店に行っていたのでは）

高津屋と御用人が会うことを摑んで、探りに行ったのかもしれない。そうだ、きっとそうよ。

そう考えると、少し安堵した。だが、心の奥底では、どこか自分を誤魔化しているような感じが拭い切れていなかった。

そんなわけで、翌日は朝から食欲がなかった。昼餉にも一膳の飯を半分残したので、心配した欽兵衛が「腹具合でも悪いのかい」と問うてきた。いや大丈夫、と言ったものの、どうにも落ち着かない。自分で調べに行こうかとも思うが、もし万一、充治に不利な結果が出て来たら、と思うと怖くて動けなかった。

長屋の仕事もろくに手が付かないまま悶々としていると、日が傾いてきた。夕餉に何も作る気がしないので、煮売り屋にでも行くか、と腰を上げかけた時、表でお美羽を呼ぶ声がした。欽兵衛が「誰だろう」とお美羽の顔を見る。が、声の主はわかっていた。お美羽はすぐに立って、表口に出た。

「隆祐さん。どうしたの」

一昨日の傷はまだそのままの隆祐が、戸口に立って深刻な顔をしている。明らかに、何かあったようだ。

「どうしても耳に入れたいことがあるんだ。入っていいかい」

「ええ。上がって」

お美羽はすぐに隆祐を座敷に上げた。欽兵衛が何事かと顔を覗かせる。お美羽はちらっと隆祐を見て、欽兵衛が聞いても構わないかと目で問うた。隆祐は少し躊躇ってから頷き、座敷に入って座った。

「昼に、黒江町の料理屋に行ってきた。一昨日の晩、高津屋と何とかって御用人が行ってた店だ」

「あんた、そこへ聞き込みに行ったの？　あんな目に遭ったのに」

殺されちゃうかもしれないわよ、と言うと、欽兵衛が身を震わせた。いや、と隆祐は言う。

「殺す気で襲ったなら、今こうして生きて話なんかできやしねえ。あれは脅しだ、と思う」

「手を引かせるための？」

「ああ。これ以上首を突っ込んだら、命に関わるぞ、ってね。さすがに善太郎殺しに続いて俺も、となっちゃ、八丁堀を本気にさせちまうだろうから」

なるほど。隆祐も冷静に頭を使っているのだ。

「わかった。でもあそこの女将は凄く口が堅いのよ。青木様でも手こずってるのに」

わかってる、と隆祐は笑った。

「女将はそうでも、下働きの連中もみんな同じ、ってわけじゃない。女中の中には、口が軽いのもいるもんだ」

いかにも世慣れたように隆祐は言った。

「その女中さんから、何か聞き出したのかい」

欽兵衛が聞いた。お美羽は欽兵衛を睨み、口を挟まないでと暗に告げた。欽兵衛は眉根を寄せたが、おとなしく口を閉じた。

「何か店に不満のありそうな雇人ってのは、何となくわかる。それでしばらく店を見張って、これはっていう女中に目を付けて、昼餉の客になってその女中を呼んだんだ」

「そんなこと、できるの」

「ああ。他の女中にちょっと金を握らせて、その女中に気がある客ってふりをした。

うまく行ったよ」

気のある客、と聞いてお美羽は腹立ちを覚えた。

「その女中さんを色仕掛けで落とした、ってことなの？」

「色仕掛けとは酷い」

隆祐は慌ててかぶりを振る。

「気のあるふりをしただけだよ。そうしたら相手の口も軽くなる」

「同じことじゃないの。ちょっと自分の様子がいいからって図に乗って……」

「あれ、俺は褒められたのかな」

何言ってんのよ、とお美羽は声を荒らげ、欽兵衛が首を竦めた。

「いいからさっさと先を言いなさい」

うん、と隆祐は急に表情を引き締めた。

「肝心のところから言うと、だ。あの晩、やっぱり充治は高津屋と御用人と同席してた。ただし、話の中身はわからない」

お美羽は自分の顔が引きつるのを感じた。だが、まだ一味と決まったわけでは……。

「どんな感じだったの。充治さんが相手を責めるとか」

「いいや。笑い声が出て、いい具合に盛り上がってたそうだ」

「でも……」

お美羽は懸命に何か得心の行く説明を探した。だが、出ては来なかった。

「あのな、それだけじゃないんだよ」

隆祐は、さらに言い難そうに切り出した。

「あの充治、だいぶ女癖が悪いらしいんだ」

「何ですって」

お美羽は顔から血の気が引くのを感じた。欽兵衛も愕然としたのを、気配で悟った。

「ちょっと、いい加減なこと言わないで。女中一人がそんなこと言ったからって」

振られた腹いせかもしれないでしょ、と言い募ったが、隆祐は動じなかった。

「確かにその女中にも粉をかけたってさ。だが、評判を聞いてた女中はうまく逃げた。あの辺の料理屋の女たちや、深川芸者の間じゃ知られた話らしい。表立っての噂は、うまく抑えてるようだが」

「それだって、噂だけなんじゃないの」

なおも言うと、隆祐は溜息をついた。

「気持ちはわかるけどな。けどお美羽さん、あんたあの男のことをどれだけ知ってるんだい」

「どれだけって……」

言い返そうとしてお美羽は、言葉を失った。言われてみれば、充治の巷の評判など、わざわざ調べたりはしていない。すっかりのぼせ上がって、そんな心配は浮かばなかったのだ。

黙っていると、隆祐は追い討ちをかけるように言った。

「囲ってる女がいるらしいんだ」

「囲ってる女？」

思わず鸚鵡（おうむ）返しに言った。次第に背筋が冷えてくる。

「もとは深川の辰巳（たつみ）芸者らしい。一軒家を買って住まわせてるそうだ」

「でも……」

何か言わねばと思ったが、また言葉に窮した。大店の若旦那に囲い者がいる、というのはさほど異様なことではない。大概は当主である父親が商いに精進しろと止めるだろうが、今の田村屋は主人が臥せっているので充治がやりたいようにできる。女を囲ったまま正妻を迎えることも、なくはない。しかしそれは、正妻の家が有力な大店や得意先筋で、然るべき人物が仲立ちをする場合だろう。幾ら寿々屋が後ろ盾と言っても、大家の娘に過ぎないお美羽の立場は、いったいどうなる……。

「辛い話だってのは、わかるよ」

隆祐はお美羽の顔色を見て、気遣わし気に言った。お美羽が充治から嫁にという申し出を受けたことは、既に小耳に挟んでいるのだろう。

「けど、料理屋の女中一人に聞いただけでこれだけ出て来たんだ。聞き回れば、もっと出るだろう。だからどうしても、お美羽さんの耳に入れなくちゃと思って

……」

その気配りは、有難いと思うべきなのだろう。知らずに嫁入りしたら、あちこちで笑い者になりかねないところだった。

「何てことだ……」

こと女絡みでは謹厳実直と言っていい欽兵衛は、情けなさそうに首を振り、慰め

ようとするかの如くお美羽の方を向いた。だが、二人から同情されたと感じたお美羽は、無性に腹が立って来た。どうしてよ。どうして私が、踏みつけにされなきゃいけないのよ。

「冗談じゃないわッ」

お美羽は憤然として立ちかけた。

「案内して！」

いきなり怒鳴るように言われた隆祐は、えっ、とのけ反った。

「案内って」

「その囲われてる女のとこに決まってるでしょ」

欽兵衛が飛び上がった。北条政子よろしく、女の家に殴り込みをかけるとでも思ったようだ。

「ちょ、ちょっとお美羽、落ち着きなさい」

慌てて袖を引くと、隆祐も膝立ちになった。

「案内しろったって、その女の家がどこにあるかまでは知らないんだ。勘弁してくれ」

お美羽は唸って、浮かせかけた腰を下ろした。場所がわからないのでは、しょうがない。じゃあ、どうする。うろたえている二人を交互に見るうち、お美羽の頭に上った血が、ゆっくり下がり始めた。

「……じゃあ、自分で調べる」

気を鎮めようと大きく息を吸ってから言ったが、却ってドスの効いた声になってしまったようで、欽兵衛が青ざめた。

「調べるってお前、その女の家を突き止めて何をする気だい。まさか……」

「焦らないで。乗り込んだりはしない。充治さんの行状と本音、探り出すのよ」

そうだ。噂に踊らされず、しっかり自分の目と耳を使わねば。今までだって、ずっとそうして来たじゃないの。お美羽は欽兵衛を安心させるようにその旨を告げると、隆祐に向かって言った。

「話を持ち込んだ以上、付き合ってもらうわよ」

「俺も一緒に、もっと調べろと？」

隆祐は目を瞬いている。当然でしょ、とお美羽は言った。

「大昔の唐の方じゃ、悪い知らせを届けてきた使いは、その場で首を刎ねられたそうよ」

「おいおい、脅しかい」

隆祐は呆れたように言ったが、お美羽の元気が戻ったのにほっとしたのか、苦笑を浮かべた。

夕餉の代わりにヤケ酒を呷(あお)りたくなったが、欽兵衛の顔色を見てさすがに思い止まった。隆祐には、まずどうするかを考えるから明日もう一度来て、と告げた。隆祐は、あまり気を昂(たかぶ)らせないように、と説教めいたことをもごもご言い置いて、引き上げた。余計なことを言っちまったかという後悔もちらりと覗いたが、少なくともお美羽が、世を儚(はかな)んだり、悲嘆にくれて枕を濡らすような娘でないことは承知しているらしい。

その夜、枕を濡らす代わりに、お美羽はまんじりともせず考え続けた。まず、女のことだ。これは後回しにしよう、とお美羽は思った。充治は自分と一緒になるのを機に、女たちと手を切るつもりかもしれないのだ。親戚筋などから促され、女遊びから足を洗うためにしっかりした嫁を貰う、などという例は確かにある。甘過ぎるのかもしれないが、お美羽はやはり、その考えに縋りたいという思いを消せずにいた。

しかし、とお美羽は唇を嚙む。充治と、高津屋や御広敷御用人との関わりは何なのか。本当に充治は、何かの企みに加わっているのか。そちらの方が、女のことよりずっと大事だった。それを調べるには、どうすればいい。

まずはこの入舟長屋と丸伴屋の跡地で、何をしようとしているのかを突き止めなくてはなるまい。それがわかれば、充治の関わり方も見えてくるのではないか。だけど、どうすれば？

何か建物を造るのは間違いないだろうな、とお美羽は思った。でなければ、注ぎ込んだ金を取り返す術（すべ）があるまい。では、何を造ろうとしているのか。

そこでお美羽は、はたと思い付いた。建物を建てるのは、大工だ。どの大工に頼むかはわからないが、元が堀だったこの土地に大きなものを建てるとなると、普通の堅い土地よりも難しい仕事なのでは。ならば、請け負った大工はまず、入舟長屋の土地に最も詳しい同業の者を訪ねていろいろ聞くのではないか。その大工とは……。

翌朝五ツ、隆祐は約束通りお美羽の家にやって来た。傷はまだ完治していないようだが、目の周りの痣はだいぶ薄くなっている。

「おはよう、お美羽さん。考えはまとまったかい」

お美羽の顔色が昨夜より良くなっているのを見て、隆祐は安堵したようだ。鼓舞するように明るい口調で言った。

「ええ、思い付いた。早速だけど、一緒に来て」

お美羽は隆祐を従えて家を出た。この一件では、寿々屋の決心をまだきちんと伝えていないため、山際以外の長屋の連中に手伝わせるわけにはいかないので、隆祐が来てくれると正直、助かる。

お美羽は二ツ目通りを東に入り、大工の甚平の家を訪ねた。

「おや、お美羽さん、朝から用事かい」

ちょうど普請場に出ようとしていたところだったらしく、甚平は半纏を羽織っていた。三人ほどいる弟子の連中に、先に行ってろと告げると、甚平はお美羽を家に招じ入れた。

「こっちは？」

初顔の隆祐を指して、甚平が問う。

「長谷川町、枋木屋の隆祐と申します。丸伴屋さんに縁があったもので、入舟長屋にも出入りさせていただいています」

隆祐が如才なく言うと、甚平はそれ以上聞かなかった。

「それで、どんな話だい」

甚平は長火鉢の前に座って、煙管（キセル）を咥（くわ）えた。

「あの、入舟長屋が売られるかもって話、耳に入ってますか」

お美羽が思い切って言うと、甚平はさほど驚かず「そうか」と言った。

「薄々、聞こえてたんだが。やっぱり売っちまうのか」

先代が建てた長屋だけに、残念そうだ。まだ本決まりじゃないですが、とお美羽は簡単に今の様子を話した。もちろん、長屋のみんなには言わないでと念を押すのも忘れない。

「それで、長屋がなくなった後には何かを建てるんでしょうけど、どこの棟梁が請け負ったかご存じないか、と思って」

甚平の表情が動いた。

「それを聞いて、どうするんだ」

「あそこで何が為されるにしろ、知っておきたいんです。ちょっと怪しい奴が噛んでいて、そこがどうしても気になります。寿々屋さんに災いが降りかかるんじゃないかと、それを心配してるんです」

甚平は、世話になっている寿々屋の名を出されて動揺を見せた。お美羽は内心で手を叩いた。読みは間違っていなかったらしい。

お美羽は畳に手をついて懸命に頼んだ。甚平はそれでも迷っているようだったが、

「やれやれ」と肩を落とし、煙草の煙を天井に向けて吐いた。

「同業の義理があるんでな。とは言うものの、他ならぬお美羽さんと寿々屋さんの難儀とくりゃ、知らん顔もできねえや」

甚平は頭を振って、話し出した。

「今年の初め頃だ。深川蛤町(はまぐりちょう)の棟梁で井八郎(いはちろう)って奴が、俺のところに来た。他言しねえでくれって前置きして、入舟長屋のところにあった堀について知りたいってな」

堀を埋めて長屋を建てる時、甚平の先代が深く関わったことを知っていて、甚平が聞いていることだけでも教えてくれ、と言ったそうだ。

「知りたがったのは、堀の幅と深さ、岸の石組みの具合、埋めた後の固まり具合とかだ。俺が知ってることは、話してやったよ」

幅は六間ほどで、猪牙船（ちょきぶね）をぎりぎり回せる程度だったそうだ。両岸を固めていた石組みは、壊さずそのまま埋めたという。

「だから入舟長屋の柱は、その土の下の石組みにぶつからねえよう建ててあるのさ」

甚平はそう説明した。

「どんなものを建てようとしてるのかは、言ってませんでしたか」

隆祐が聞くと、甚平は「いや」と答えた。

「建物についちゃ、あまり喋らなかった。地面の様子を確かめてから決めるつもりだったんだろう。だが、話の感じからすると、相当重い建物だって気はしたな」

「建物が沈まないか、気にしてたってことですか」

隆祐が得心した様子で言った。

「重いってことは、三階建てとかですかね」

「そんなとこだろうな」

甚平は気軽に言ったが、お美羽はびっくりした。三階建ての建物は、江戸にもそれほど多くはない。あの土地全部を占めるような三階建てなら、楼閣と言っていい。

「堀の跡に、そんな重いものを建てるのは大変なんじゃ」

「いや、基礎を深くして地固めの杭を多めに打ち込みゃいい。金は嵩むが、難しくはねえさ」

言ってから甚平は、「待てよ」と腕組みした。

「いやいや、井八郎の奴、妙なことを言ってたぞ。堀をまたぐような建物は難しいかな、なんて。独り言みてえだったんで聞き流したが」

「堀をまたぐ？」

お美羽の頭に、充治が本所方に堀の復活について伺いを立てたことが浮かんだ。

「六間の堀をもう一度掘り直して、ですか」

「いや、そこまでは言ってねえぜ。それに六間の堀の上に建物を造るとなると、さすがに簡単じゃねえ。中ほどに太い柱を打ち込んで、両岸から伸ばした梁と床を支えなくちゃならねえだろう。そこまでする建物ってなァ、何に使うんだろうな」

お美羽は頭の中に絵図を描いてみた。確かに甚平の言うように、大層な建物だ。そんなものは、今まで見たことがなかった。

「いや、六間も幅がなけりゃいいのか」

独りで考えを巡らせていたらしい甚平が、呟いた。

「え、どういうことです」

それが耳に入ったお美羽が聞いた。

「うん。例えば三間くらいの幅なら、またぐ建物を作るのはもっと楽になる。堀をまったく元通りにしなきゃいけねえってもんでもなかろう」

ああ、とお美羽は膝を打つ。そういう発想はなかった。

「でもその幅じゃ、船を回せないでしょう」

隆祐が疑念を呈したが、「なあに」と甚平は軽く言った。

「回さなくても竿で押して、突っ込んだ船を真っ直ぐ後ろ向きに戻しゃいいんだ。船を回すのは、六間堀川へ出てからでいい」

言われてみれば、簡単なことだった。だがそれでも、堀を何に使うのかはわからない。普通に商いの荷を運ぶだけとしても、そんな豪壮な楼閣で何の商いをしようというのか。

「ところで」

考えの深みに入り込みそうになって、お美羽は聞いた。

「蛤町の井八郎さんてお方は、どちらのお仕事をよくお受けに？」

「この仕事を頼んだのは誰かって話かい」

甚平は察したように言った。

「誰かって話は、もちろん聞いてねえ。ただ、井八郎の得意先は木場の方の店だ。特に懇意なのは……」

甚平はしばらく天井を見上げてから、思い出したとばかりに言った。

「そうそう、確か田村屋って店だ」

十四

甚平はお美羽の嫁入り話を知らないから、ごくあっさり田村屋の名を出した。しかしお美羽には、衝撃だった。土地を買い取るのに加え、楼閣と言えるほどのものまで建てる金を、田村屋だけで用意できるとはさすがに思えない。

甚平の家を出てから口を開こうとしないお美羽に気を遣うようにして、隆祐は言った。

「何て言うかその、充治が高津屋たちと組んでるのは、どうも間違いなさそう、だよな」

お美羽は、じろりと隆祐を睨んだ。

「何が言いたいのよ」

「いや、何がって……」

隆祐は目を逸らした。お美羽は苛立った。隆祐の頭の中はわかっている。充治が裏で常葉屋と通じていると考えているのだ。まだ証しというほどのものはない。だが常葉屋と高津屋、高津屋と充治がそれぞれ繋がっている以上、常葉屋と充治も同様、と考えるのは筋が通っていた。だとすれば、常葉屋から守るために入舟長屋とその周りを買う、と言った充治は、自分たちを騙していたことになる。

認めたくない、とお美羽は思った。あの誠実そうな充治の言葉が、全部嘘だったとは。だが冷静になろうとすればするほど、そう考えるしかなくなっていく。

（すっかり虚仮にされた）

お美羽の腹の底から、ふつふつと怒りが湧いて来た。つい隆祐に八つ当たりしそうになるのを堪え、気を鎮めようと大きく息を吸い、吐いた。

「どうする。充治を問い質すかい」

隆祐が自信なさそうに聞いた。怒りに任せてそうしようかとも考えたが、まだ証しと言えるようなものは何もない。誤解ですと言われれば、それまでだ。

「搦手の方に、行ってみましょう」

お美羽は思い付いて言った。

「搦手って言うと？」

「女よ。あんた、そっちの方が得意でしょう」

女のことは後回しにしようと思ったが、充治の外堀を埋めるのがいいかもしれない。

「そうか、わかった」

隆祐はすぐ、お美羽に賛同した。

「どこから攻める？」

お美羽が聞くと、考えはある、と隆祐は胸を叩いた。

「もと辰巳芸者だって言ったろ。芸者のことは、芸者に聞きゃあいい」

「心当たりの芸者さんでもいるの？」

いいや、と隆祐は肩を竦めた。

「順に聞いて回るさ。日も高いし、お座敷までだいぶ間がある。何人か摑まるだろう」

自信ありげに言ったが、お美羽はそう簡単に行くのかな、と首を傾げた。まあ隆祐なら、菊造や万太郎に比べれば百倍は当てになるんだけど。

案の定、簡単には行かなかった。隆祐は意気揚々と置屋に乗り込んだが、話を持ち掛けた途端、追い出された。大事な客の話を、どこの誰ともわからない相手にするわけにはいかない、というのだ。

それではと、置屋から独立した年増芸者の家を訪ねてみた。そこでも門前払いを食らった。仲間の噂話を見ず知らずの相手にする気はない、とのことだ。辛うじて、目指す女の源氏名が桃助だったらしい、ということだけはわかった。辰巳芸者の源氏名は、男名前を使うのが粋なのだ。

「全然駄目じゃん」

お美羽に小馬鹿にされ、隆祐はがっくりした。

「聞きゃあ、すぐ教えてくれると思ったんだがなあ」

「甘い。女同士の仲間意識を舐めちゃだめよ」

嘆息と共に言ってから、お美羽は隆祐に囁いた。

「一つ教えてあげる。敵の敵は、味方」

何だそりゃあ、と隆祐は鼻を鳴らしたが、すぐ気付いて自分の頰を打った。

「そうか。桃助と仲の悪かった芸者を捜しゃいいんだ」

そいつを持ち上げりゃ、あることないこと喋りまくるに違いない、と隆祐は丸くなっていた背筋を伸ばした。世話が焼けるわねえ、とお美羽は苦笑した。

その線で聞き回った結果、常磐津の師匠をしているお千勢という女が浮かんだ。

二人は早速、お千勢の家に出向いた。刻限はもう昼八ツ（午後二時頃）だ。欽兵衛の昼餉のことを忘れていたが、今はそれどころではない。

「何だって。お松のことを聞きたいのかい」

それが桃助の本名らしい。三十五、六でちょっと渋皮の剝けたお千勢は、吐き捨てるように言った。

「あの性悪が、何をやったんだい」

聞けば昔、お松がお千勢の客を奪って大喧嘩になったことがあるらしい。女同士の恨みは深い。これは役に立ちそうだ。

お美羽は充治のことを聞いた。お千勢は即座に「ああ、そうさ」と答えた。

「うまく若旦那に取り入って身請けされたんだ。あたしに言わせりゃ、あんな尻軽のどこがいいんだか」

ま、若旦那の方も相当お盛んらしいから、どっちもどっちだけどね、とお千勢は嗤った。辛辣な言葉に、お美羽は情けなくなってきた。

「どこに住んでるんですか」

「小名木川の北の、深川富川町さ。行きゃあ、すぐわかるよ」

ようやく知りたかったことが聞けた。お美羽と隆祐は礼を言い、早速富川町に向かった。

小名木川にかかる新高橋を渡り、横川(よこかわ)沿いの西町(にしまち)河岸から左に曲がって、富川町に入った。三方を武家屋敷に囲まれたさして広くない土地に、町家がぎっしり建っている。その奥の方に、黒塀で囲まれた小ぶりな一軒家があった。

「あれね」

お美羽はいかにも妾宅(しょうたく)といった趣のその家を指すと、表口の前に立った。来てはみたものの、さてどうするか。やっぱり充治の許嫁だと名乗って正面から押し掛けるか。いや、相手は玄人筋だ。愛想よく適当にあしらわれるのがオチだろう。

「どうするね」

隆祐も同様に考えたらしく、お美羽に言った。仕方ない。ちょっと様子を見よう。

「顔だけでも拝んどきましょう」

お美羽は隆祐を促し、隣家の陰に入った。古着屋の裏手なので人目はない。幸いだと思って見回すと、この路地に面しているのは、表店の裏と長屋の塀ばかりだ。出入りが人目に付かないよう考えた上で、家を用意したのだろう。

周到だなあ、と変に感心した時、ふっと思った。堀をまたぐように建てる楼閣。

ない。

船で六間堀川から来て堀に入り、楼閣の下に潜り込んだところに設けた船着き場で下りる。そうすれば、船の乗り下りは外から見えない。船着き場の入口に御簾でも垂らしておけば完璧だ。屋形船だったら、誰が乗って来たのか一切知られることはない。

「もしかして、誰にも知られずに出入りするための建物……」

何だか背筋がぞくぞくっとしてきた。そこで行われるのは、真っ当なことであろうはずはない。これは……。

「お美羽さん」

考えに耽っていると、隆祐が袖を引いた。はっと顔を上げる。例の家から、女が出てくるところだった。紺の上等の江戸褄を着ているから、下働きなどではない。お松に違いない。お美羽は建物の陰に体を押し込み、お松をやり過ごした。

お松はお美羽たちがいるのに気が付かず、すたすた歩いて行った。おかげで顔はしっかり見えた。年の頃二十七、八。化粧は濃く、気の強そうな目付き。肉付きは良く、全身から色気を出している感じだ。お美羽は一目で、この女とは気が合わない、と直感した。

「同じ別嬪でも、お美羽さんとは真逆だな」

隆祐はそんな呟きを漏らして、お美羽の顔を見た。

「正直、あっちは俺の趣味じゃないねえ」

「何言ってんの。ほら、尾けるよ」

お美羽は笑う隆祐の背を押して、路地に出た。


お松は新高橋を渡ると、小名木川に沿って西に歩いた。後ろを気にする様子は、微塵もない。お美羽たちとしては有難いが、何だか傲慢に見えて気に入らなかった。新大橋を渡り、浜町堀に沿う道に出た。目的地までは、まだだいぶありそうだ。道々、すれ違う男どもがちらちらとお松を振り返っている。よう粋な姐さん、どちらへ、などと声をかけた遊び人もいたが、お松は洟も引っ掛けなかった。堂々とした足取りで浜町堀から難波町へ入り、銀座の方へと進んでいく。

「俺の店が近付いてきたな。まさかうちに来るんじゃ」

「さすがにあり得ないでしょ」

確かに柄木屋のある長谷川町は、もう目と鼻の先だ。だがここまで来ると、お美羽にも行き先の見当が付き始めた。

「たぶんこのまま真っ直ぐ、東と西の堀留川を越えるところまで行くわよ」

「堀留川の先？」

隆祐は怪訝な顔をしたが、すぐにあっと呻いた。

「本小田原町か……」

その呟きに、お美羽は頷きを返した。


お美羽の見込んだ通り、お松は本小田原町へ来ると、迷わず一軒の大店に入った。家からここまで三十町余り。ちょっと疲れたが、その甲斐はあったと言えそうだ。

「やれやれ、やっぱりか。しかし半刻近く尾けたのに全然気付かれないってのは、後ろめたさがまるでないことの証しだろう。却って癪に障るな」

隆祐は苦い顔になって、店の看板を見上げた。その大きな看板は唐の竜の姿が浮き彫りにされた凝ったもので、その龍に守られるように、高津屋という太い金文字が躍っていた。

お松が高津屋を出るまで見張るか、と隆祐は言ったが、それは無用とお美羽は断った。お松が高津屋と繋がっているのがわかったことで、充治への疑いはますます濃くなった。取り敢えずは、もう充分だ。

「しかし田村屋の充治め。あの野郎、どういうつもりでお美羽さんを嫁に、なんて言いやがったんだ」

隆祐はこめかみに青筋を立てて言った。お美羽への気遣い、というだけでなく、本気で憤っているようだ。

どういうつもりだ、とはお美羽がまず聞きたかった。嫁には妾と全く違う質の女がいい、とでも思ったか。高津屋に出入りさせていることからして、充治とお松はかなり深く結ばれているはずだ。お美羽を嫁にしたからと言って、お松を袖にすることは考えられない。

酷すぎる、とお美羽は唇を噛んだ。涙が出そうになるのを、隆祐に気付かれないよう懸命に堪えた。

家まで送ろうという隆祐を断り、枡木屋の前で別れた。帰りは一人で歩きたい気分だった。でないと、隆祐に涙を見せてしまうかもしれない。それが嫌だとまでは言わないが、慰めは受けたくなかった。

北森下町に帰るには新大橋を渡る方が少しだけ近いが、気を紛らわせるには賑やかな方を通りたい、と思って両国橋の方へ向かった。見世物小屋が並ぶ両国広小路から対岸の回向院にかけては、いつも人通りが絶えない。食べ物のいい匂いも漂っている。日はすっかり傾いて、風の冷たさが落ち込んだ気分に追い討ちをかける。そう言えば、昼餉も食べてなかったっけ。

「あ、お美羽さんじゃない」

突然、馴染みの声に呼び止められた。足を止めて振り向くと、風呂敷包みを持ったおたみが笑みを浮かべて立っている。そう言えば、おたみの家である金物商の小島屋は、両国広小路のすぐ傍の米沢町だった。

「あ、おたみちゃん。買い物か何か？」

お美羽は心の傷を悟られぬよう、いつも通りの笑顔を作った。

「うん、新しい帯、買って来たの」

おたみは嬉しそうな顔で風呂敷を持ち上げて見せた。

「次の手習いの時、見てね」

うん、と微笑みを返すと、おたみは「じゃあ……」と言いかけて何か思い出したように顔を寄せた。

「ねえねえ、田村屋の若旦那さんとは、その後どうなってるの」

ぎくりとした。が、無論、嫁にと言われたことは打ち明けていない。

「うーん、まあ、まあ、ね」

笑って誤魔化したが、内心は忸怩(じくじ)たる思いだった。「ふーん」とおたみは探るような目で見てくる。

「栃木屋の隆祐さんとどっちにするか、まだ迷ってるとか」

「なっ、何言うのよ。こんな往来で」

少なくとも隆祐とは、そういう関わりではない。おたみはまだニヤニヤとお美羽の目を覗き込んでいたが、ふいに聞いた。

「あのさ、田村屋さんって、何か大きなもの建てるつもりなの」

「大きなもの？」

お美羽は驚いておたみを見つめ返した。何故おたみがそんなことを知っている。

「そう。お寺とかお社とか、お屋敷とか」

「はあ？」

屋敷はともかく、寺とか神社って何だ。どうして、と聞き返すと、同業の店に飾り金具の仮注文が幾つも入っているという。

「奢侈の禁令で、近頃はあんまり贅沢な飾りの注文は少ないでしょ。内々でそういうものをたくさん頼んでいるみたいだから、何を造る気だろうって噂に」

おたみの言うには、柱や長押、襖に付けるものだけでなく、贅沢な調度品に使うような箔押しも求められているらしい。それで、新しい寺でも建てるのかと思ったそうだ。

「それを田村屋さんが注文してるっていうの」

「うーん、注文は大工さんを通してるらしいけど、大工さんに仕事を頼んでるのは田村屋さんだろうってみんな言ってるわ」

「ふうん、そうなんだ」

お美羽は何とか表情を変えず、あまり興味なさそうに言っておたみと別れた。だが、その頭の中は懸命に回っていた。家へ向かう足運びが、自然に速くなる。

寺を建てるための材木を卸すことはあっても、田村屋が自身で寺など建てるわけがない。飾り金具は、北森下町に建てる楼閣に使うのだ。注文した大工は、蛤町の井八郎に違いない。おたみの話の通りだと、かなり贅を凝らした建物になるようだ。この御時世に、そんなものを何に使う気だろう。

いよいよまた、文殊の知恵が必要だ、とお美羽は思った。

次の日の夜、お美羽は山際と青木と喜十郎に声をかけ、再び集まってもらった。三日前と同じ店で座敷も同じだった。

「また呼び出して、何だ。俺だって暇じゃねえんだぞ」

青木は早速文句を言ったが、口調からすると、お美羽が何を言うのか期待しているようでもあった。

「わざわざ旦那に来てもらったんだ。つまらねえ話じゃねえだろうな」

青木におもねってか、喜十郎が釘を刺した。はい、とお美羽は請け合う。

「昨日、柄木屋の隆祐さんと一緒にお松という女を見つけて、尾けたんです」

お美羽は腹を括り、充治の女出入りについて話した。山際の顔が忽ち曇った。

「充治というのは、そんな男だったのか」

青木も、呆れた野郎だと憤慨している。

「おい喜十郎、お前の耳には入ってなかったのか」

「えっ、そいつはその、俺の縄張りじゃありやせんので」

急に矢玉が飛んで来た喜十郎は、首を竦めて「木場界隈の岡っ引き連中にすぐ確かめておきやす」と言い訳のように答えた。

「欽兵衛さんには、言ったのか」

山際が心配げに聞いた。

「隆祐さんが話に来た時、一緒に聞いてました。もう、寝込んじゃいそうな有様で」

そうだな、と山際も気の毒そうに言う。

「でも、充治さんと常葉屋が直に繋がってるという決め手は、まだ欠いてるんですよね」

自分でも未練がましいと思ったが、ここまでだと充治にも言い逃れの余地がありそうに思えた。

「それで、北森下町に建てようとしている代物だが」

山際が話をそちらに向けたので、お美羽は甚平の話におたみから聞いたことを加えた。

「なるほど、飾りをふんだんに使う豪勢な建物らしいな」

山際は腕組みして首を捻っている。

「青木さんの考えはどうだ」

話を振られた青木は、顎に手を当ててしきりに独り言を呟いていた。

「こいつに関わってるのは、材木屋と唐物商、本所方、大奥御用人、そして常葉屋か……」

青木は三人の視線を集めたまま、しばらく黙考していた。お美羽は、邪魔しないようじっと待つ。

「考えられることが、一つある」

やがて青木が静かに口を開いた。

「常葉屋が前に、出合茶屋のようなものをやってた話はしたよな」

ええ、聞きましたと三人が揃って頷く。

「それじゃねえか、と思うんだが」

えっと喜十郎が目を剝く。

「これだけの雁首が揃って、そんな下らねえ商売をするってんですかい」

「お前が考えてるような出合茶屋じゃねえ。大奥御用人が嚙んでるんだぞ」

その言葉に、山際とお美羽は同時に「あっ」と声を上げた。

「大奥のお女中が内密に逢引きするための出合茶屋か」

それさ、と青木は苦い顔をした。

「じゃあ、埋めた堀を掘り返すのは、その茶屋に大奥の方々が誰にも知られないよう屋形船で出入りするため、なんですね」

お美羽も腑に落ちた。駕籠で出入りすれば、道筋でどうしても人目についてしまう。疑いを持った者が尾けるのも容易だ。それで、北森下町にあった堀を復活させることを思い付いたのだ。堀は、どこにでも作れるわけではないのだから。

「大奥だけでなくとも、御身分ある奥方や大店の内儀の不義密通にも使える。そうした連中からは、口止め料込みで相当な場所代を取れる」

さらに言うなら、そうしたお女中に役者など美形の若い男を、お相手として斡旋することもできるだろう、とまで青木は言った。その代金は、半端ではあるまい。

「たまげたな。しかしその充治って奴も大層な二枚目で女好きとくりゃ、お楽しみを兼ねて自分でお相手を務めるかもしれねえな」

この喜十郎の無神経な言い方に、青木と山際が血相を変えた。気付いた喜十郎は、慌てて口を押さえてそうっとお美羽の顔を窺った。だがお美羽は、もう怒る気も失せていた。

「高津屋はどう儲けるんです」

失言を繕うように喜十郎が聞いた。そんなことは、考えりゃすぐわかるだろう、と青木は馬鹿にしたように言った。

「逢引きの相手にゃ、贈り物をする。御身分あるお女中なら、安物じゃねえ。高津屋の扱ってる、目の玉の飛び出るような唐南蛮渡りの品の出番だ。そういうものを並べて出してやりゃ、お女中方も欲しいものを自分で買うだろうしな」

そんな場所じゃ、財布の紐も緩みっぱなしになるはずだ、と青木は嫌悪を露わにする。

「だからこそ、容れ物は豪奢にする必要があるわけですね」

楼閣の建材は、田村屋が出す。高価で質のいい材木をふんだんに使うなら、田村屋の名目上の売り上げも大きくなる。土地を買い占めて建物を建てる費用は、田村屋と常葉屋と高津屋が分け合って出すとして、寿々屋に御用人の押川が出させた二千両の一部も、そこに使われるのかもしれない。どうせ金持ち女の欲を徹底して利用する商いだ。二、三千両突っ込んでも、充分元は取れるだろう。

「もっと踏み込むなら、阿片を吸わせるってこともあるかもな」

阿片、と聞いてさすがにお美羽はぞっとした。

「そこまでやりますか」

「思い付いただけだ。だが高津屋なら、抜け荷の阿片を仕入れることもできなくはねえ。その出合茶屋で阿片を吸わせりゃ、儲けは桁違いのものになる」

うーむと皆が呻く。いくら何でも、とは思うが、あり得ないとまでは言えない。

「押川という御広敷御用人は、大奥のお女中にその場所を紹介し、お忍びで出かける手引きをするわけだな」

山際が言うと、青木は鼻を鳴らした。

「その役割で、分け前を貰うって寸法だ。手間の割に、いい稼ぎになるだろうぜ」

「つまり、寿々屋の金繰りを苦しくさせたのは……」

押川が出させた二千両も、宇多之助の店の艶の雫に細工したのも、全てはやはり、寿々屋に土地を手放すよう決意させるための仕掛けだったのだ。読売に書き立てた真泉堂は、そこまでの企みに加われるような大物ではない。下働きに雇われただけだろう。

「こうして一から考えると、ずいぶん手の込んだ企みだ。絵図を描いたのは、誰かな」

山際の問いかけに、青木は「常葉屋だろうな」と答えた。

「奴は金儲けの悪巧みには頭が回る。出合茶屋をもっと稼げるようにできねえかと頭を捻って、行き着いたのが今度のことだろう。で、おそらく高津屋に持ち込んだ」

「じゃあ田村屋は」

「順番から言うと、堀を使うってことでまず北森下町に目を付けた。そうしたら、丸伴屋の土地をたまたま田村屋が手に入れてた。充治のことを調べた揚句、こいつなら企みを持ちかけりゃ乗ってくる、と踏んで引き込んだ。そんなところじゃねえかな」

　山際は、うむうむと頷いている。お美羽も、それで間違いなかろうと考えていた。充治の性根を読み違えた自分がほとほと間抜けに思えて、また泣きたくなる。今にして思えば、宇吉郎にこの縁談話をした時、話を急ぐなと言われたのは、宇吉郎が充治にどこか怪しいものを感じていたからに違いない。さすがは百戦錬磨の達人だ。

「本所方与力の旦那は、どこから嚙んだんでしょうね」

　喜十郎が言った。

「あのお人は、どっちかと言やぁ小心者だ。堀のことでお伺いを立てられた時、袖の下をたっぷり貰って目をつぶっとくよう因果を含められた、ってなとこじゃねえかな。だが常葉屋との話に、人目に立たねえよう屋形船を使ってたってことは、企みの大筋は聞いてたんだろう」

　青木はそう評した。が、お美羽はその話に何か引っ掛かった。屋形船でずっと話していた、か。前に聞いた時も、何か気になったような……。

「あの青木様。本所方与力様が常葉屋と屋形船に乗っていたのは、いつの話でしたっけ」

「うん？　ええと、そうだ、確か二十一日前だが」

何で急にそんなことを、と青木は妙な顔をした。お美羽は指折り数えて、その日を遡った。そして、愕然とした。

「どうしたお美羽さん、何か気付いたのか」

様子が変わったお美羽に、山際が問いかけた。お美羽はもう一度頭の中で日を数え、間違いないとわかると、がっくりと肩を落とした。

「私、本当に馬鹿でした。何で今まで、気が付かなかったんだろう」

四人で料理屋を出た時、五ツ（午後八時頃）の鐘が鳴った。暮れ六ツ少し前に店に入ったから、一刻余り話し合っていたことになる。おかげで企みの大筋はわかったが、お美羽の気分はどん底だった。一時はすっかり目が曇っていた自分に、腹が立つばかりだ。

「お美羽さん、そんなに気を落とすな」

山際が声をかけてくれたが、その言葉も上滑りしていく。喜十郎は触らぬ神に祟りなしとばかり、目を合わそうともしなかった。

何だかぎこちない感じで長屋の入口近くに来た時、前から提灯が一つ、近付いて来た。先頭の青木が立ち止まって、自分が持っていた提灯を前に掲げた。

「お前、朽木屋の隆祐か」

二つの提灯に、隆祐の顔が照らし出された。隆祐はちょっと驚いた顔をする。

「こりゃあ、皆さんお揃いで。どうしたんですか」

「そりゃあこっちが聞くことだ。こんな夜更けに、ここへ何か用か」

青木が問い質すと、隆祐はお美羽の方をちらちら見ながら言った。

「富川町のお松って女のことは、お美羽さんからお聞きですか」

「ああ。田村屋の充治が囲ってるらしいな」

「あの家の周りで、殺された晩に善太郎を見た人がいないか、捜そうと思いまして」

何、と青木が顔を強張らせた。

「どうしてそんな気になった」

「はい。いろいろ考えてたんですが、善太郎は江戸に来て、田村屋の周りを探ってたはずです。だったら、お松のことにも気が付いてたんじゃないかと」

「だからって、あの晩にお松のところへ行ってたとは限るまい」

お美羽も口を出した。

「善太郎さんは江戸に来て殺されるまで、二日足らずしかなかったんでしょう。その間に、お松さんを見つけられたかしら」

「充治を尾けたのかも」

なるほど。それはあり得る。

「それに、気になることが。俺はあいつが宿を取った門前仲町辺りから、亡骸の見つかった霊巌寺裏まで聞き回ってみた。けど、誰も善太郎を見た人は出て来なかった」

「それがどうした」

自分も同様に調べていた喜十郎が、苛立ちを見せた。

「でも、お松の家からも小名木川に沿って来れば、霊巌寺裏の傍を通ります。そっちは誰も調べてないでしょう」

昨日、隆祐とお松を尾けた道筋だ。それで思い当たったわけか。やはりそこは調べていなかったようで、喜十郎は嫌な顔をする。

「だが、富川町から門前仲町へ帰るには、だいぶ遠回りだぞ」

青木が言った。確かにそちらより、南へ下って木場を抜ける方が近い。

「わかってます。善太郎は宿へ帰ろうとしたんじゃないと思います」

「じゃあ、何をしようとしたんだ。そんな夜遅くに」

「俺のところへ来るつもりだったんでは」

お美羽は、あっと思った。そうだ。文にも書いていた通り、もしお松の家を探って何か摑んだら、真っ先に隆祐に知らせて相談しようとしたはずだ。青木たちもすぐ解して、互いに顔を見合わせた。

「喜十郎、こいつと一緒に行け」

喜十郎は、目を丸くした。

「一緒に聞き込めってんですかい」

「こいつの言うこと、一理ある。夜更けに聞き回るなら、十手があった方が良かろう」

「明日、日が昇ってからでいいんじゃ」

「善太郎が殺られたのは今時分から後だろう。だったら、同じ刻限の方がいい。毎晩通る夜回りなんかが、見てるかもしれねえからな」

青木の言う通りだった。さすがに喜十郎も文句を引っ込め、隆祐に向かって「おい、行くぞ」と顎で示した。隆祐はお美羽に目で「任せてくれ」と告げ、「よろしくお願いします」と喜十郎に頭を下げると、並んで南の方へ歩み去った。

夜闇に小さくなる隆祐の提灯を見送っていると、背筋が急に冷たくなった。もし隆祐の見立て通り、お松の家で何か摑んだために善太郎が殺されたとすると……。

十五

お美羽が充治を深川一色町（いっしきちょう）の料亭に呼び出したのは、三日後のことだった。もう弥生に入り、夜風は冷たいが、日が差すと春の気配がそこここに感じられる。

お美羽は春らしい白花色の裾に小桜を散らした着物を着ていた。家にある中で、一番上等なものだ。充治から嫁に、とはっきり言われたのが十日前。まだ十日しか経っていなかったか、と思うが、今日は様々な意味で区切りを付けるつもりだった。

座敷で待っていると、廊下を足音が近付いて来た。居住まいを正したところで、こちらでございます、との女中の声と共に襖が開いた。

「やあお美羽さん、お招きをいただきまして」

充治が上機嫌で入って来た。相変わらず、爽やかな笑顔だ。

「今日はまた、一段とお綺麗ですね。着物も素敵だ」

ごく自然に褒めると、お美羽の向かいに座った。

「このお店は初めてですが、洒落たところですね。お美羽さんはここのお馴染みですか」

「ええ、まあ」

微笑んで受け流す。ここを選んだのは、充治が一度も来ていないと確かめられたからだ。

「今日はその……あのこと、ですよね」

当たり障りのない季節の話を交わしてから、充治が聞いた。無論、嫁入りの件を指している。

「はい、そうなのですが」

お美羽はちょっと俯き加減にして、遠慮がちに言った。

「もとより私などには大変勿体ないお話なのですが、正式に進める前にご挨拶しておきたいお方がおられまして」

充治は少し意外に思ったようだが、迷いなく言った。

「承知いたしました。私もご挨拶させていただければ、よろしいのですね」

「はい。実は隣にお越しになっております」

ああ、と充治は隣との壁に目を向けて頷いた。

「充治さんさえよろしければ、この場でご挨拶を、と思っておりますが」

「構いませんとも。どなたでしょうか」

「八丁堀の、青木様です」

一瞬、充治の眉が動いた。が、すぐに満面に笑みを浮かべ、では参りましょう、と言った。お美羽は先に立って、一度廊下に出てから隣に声をかけた。

「青木様。美羽です。田村屋の若旦那様がご一緒です。よろしいでしょうか」

おう、入ってくれと中から青木の声がして、お美羽はゆっくり襖を開けた。

「充治さん、どうぞ」

充治を先に通した。正面に青木が座っている。充治は膝をついて青木に挨拶しようとしたが、左手にもう一人、恰幅のいい中年の男が座っているのに気付くとその場で固まった。

「あ、こ、これは高津屋さん」

驚いているのは高津屋も同じだった。

「田村屋さん。今日はどういう……」

「まあ、いいじゃねえか。お互い、よく知った仲だろう。お美羽、襖を閉めてくれ」

はい、とお美羽は襖を閉めると、充治の脇に座った。

「常葉屋さんにも来ていただければ良かったのですが、生憎ご都合が」

強面の常葉屋に騒がれても店に迷惑なので、既に大番屋に引っ張ってあったのだが、そのことは言わない。だが常葉屋の名を出したことで、充治も高津屋もこの会合が何のためなのか、察したようだ。二人とも顔を強張らせた。

「充治さん、うちの長屋とその周りをお買いになるというお話でしたが、それは常葉屋さんの邪魔をするためではなく、常葉屋さんと示し合わせてのことだったんですよね」

お美羽はにこやかに言った。充治が顔色を変える。

「な、何を言うんです」

「だって、常葉屋さんが北森下町一帯を買い占めるという話、最初から承知してらしたんでしょう」

「違います。前に言ったじゃありませんか。あなたのところにご挨拶に行って店に戻ってみると、留守の間に常葉屋さんが来て、丸伴屋の跡地を買いたいと言い置いていた、と」

充治が言い募ると、青木が笑った。

「語るに落ちたな、田村屋」

「何ですって？」

目を剝く充治に、お美羽は微笑みを向けてから淡々と話した。

「それは無理です。あなたが私の家に挨拶に来られた日、常葉屋さんは一日中、屋形船を出して本所方与力様と、北森下町の埋められた堀を掘り返す話をしていたんです。だから、田村屋さんに話に行けたはずはないんですよ」

さすがにこういう細かい辻褄合わせは、常葉屋さんと打ち合わせてなかったんですね、とお美羽は笑った。充治は言葉を失っている。

「念のため青木様に調べてもらいましたが、その翌日も常葉屋さんは木場に行っていません。なのに翌々日、あなたは寿々屋さんに入舟長屋買い取りの話を持ち掛けた。となると、初めからそのつもりだったとしか思えません。うちに来た時に買い取りの話を出さなかったのは、長屋の住人に知られて騒がれると困るからでしょう」

充治は宇吉郎には、この話はご内聞にと言ってあった。だが、宇吉郎とお美羽の間の信頼の深さには思い至らず、お美羽が長屋買い取りの話を知っていたことにうろたえ、常葉屋が来ていたとその場の思い付きで言ってしまったのだ。だが、それが裏目に出た。

「常葉屋さんはもともと評判が良くないですから、寿々屋さんが調べればそれはすぐわかる。艶の雫のことと大奥の二千両で寿々屋さんを追い込んでも、常葉屋さんには売らないかもしれない。そこで救いの善玉としてあなたが出て行き、常葉屋さんに売るくらいなら田村屋さんに売ろう、と寿々屋さんを得心させる手筈だったんですね」

言わば二段構えの策で、危うく成就するところだった。

「話をする順番と時機を、もう少し慎重にお考えになった方がよござんしたね」

これを聞いた高津屋が、充治を睨んだ。充治の顔が紅潮する。

「さあて高津屋さん。北森下町で堀を作り直して何を建てる気だったか、この場で言っちゃどうだい。それとも田村屋に喋ってもらうかい」

高津屋が青木の方に向き直った。その表情は、充治ほどには乱れていない。年のせいか、充治より遥かに老獪(ろうかい)なようだ。常葉屋が身柄を押さえられたことも、既に勘付いているのかもしれない。

「多くのお客様を、お慰めする店でございます」

開き直ったような答えだった。お慰めとは、よく言ったものだ。

「ですが、奢侈の禁令などでお上が御不快ということでしたら、取り止めにさせていただこうと存じます」

この狸親父が、とお美羽は嚙みつきそうになった。これまでのことでは、高津屋自身は御定法に直に触れることは何もしていない。危ないとわかれば、さっさと手を引く。常葉屋は放り出され、充治は梯子を外される。

「そうかい、取り止めるかい。それがいいだろうな」

　青木は高津屋を睨みながら、言った。手を引くなら、さっさと引け。その代わり、常葉屋や田村屋が悪事を働いていたなら、お前もただじゃ済まんぞ。知ってることは、洗いざらい話せ。暗にそう告げたのだ。高津屋は動じない風だが、充分に伝わったはずだ。

　一方、お美羽はひとまず安堵した。最大の金主であろう高津屋が手を引けば、この企みは瓦解する。長屋はもう大丈夫だ。

「手前は、もう帰らせていただいてよろしいですかな」

　高津屋は悪びれることなく、言った。青木も「また後で必要なら大番屋へ呼び出す」と軽く脅しをかけてから、高津屋に「帰っていいぜ」と告げた。高津屋は一礼して立ち上がり、充治に鋭い目を向けた。しくじりやがって、落し前はつけさせてもらうぞ、とその目が言っていた。充治は目を背けた。

　高津屋はお美羽に軽く目礼してから、自分で襖を開けて出て行った。お美羽が襖を再び閉めると、青木は充治と向き合った。充治はまともに青木と目を合わせるのを避けている。

「なあ田村屋。手口は感心しねえが、土地を買って出合茶屋を建てる、ってぇだけなら御定法に触れるわけじゃねえ。だから高津屋は帰らせた。大奥のお女中の火遊びやらどこぞの奥方の不義密通やらって話は、まだ成ってもいねえし、そもそもが町方の出る幕じゃねえ。大奥のことは御城内で片付けてもらえばいい」

　充治の顔が、少し緩んだ。

「それでは……」

「ああ。北森下町のことは、おかしな出合茶屋をやめて土地も買わねえ、ってんなら、奉行所としてはそれで収める」

「あ、ありがとうございます。それでは……」

　充治は平伏し、腰を上げようとした。腹立たしいことに、お美羽の方は見もしない。

「おっと待ちねぇ。まだもう一つ、話が残ってる」

　青木が鋭い声を飛ばした。充治はぎくりと背を強張らせ、慌てて座り直した。

「わかってるだろう。善太郎殺しだよ。こいつは俺たち町方が始末を付けなくちゃならねえ」

充治が青ざめた。次に何を言われるか、わかったようだ。が、次に口を開いたのはお美羽だった。

「充治さん。私にお松さんのこと、ひと言も言いませんでしたよね」

充治の端整な顔が、忽ち歪んだ。

「いっ、いえ、それは、確かに悪かったですが」

充治はお美羽の方に体を向け、懸命な口調で言った。

「信じて下さい。あの女とはもうすぐ別れるつもりでした。若気の至りで、ついつい口説きに乗ってしまいましたが、今では後悔しています」

「後悔してると？」

お美羽が疑いの目を向けると、充治は真剣な顔でさらに言った。

「ええ。確かに大変色気のある女ですが、どうも粘っこいと言うか……こう申しては何ですが、お美羽さんとは真逆です。ずるずると交わりを続けていましたが、お美羽さんに会って目が覚めました。お美羽さんに、私は本気です。一緒になりたいと申しました以上、お松とは手を切り、二度と会いません」

充治はお美羽の目を見つめ、きっぱりと言った。やれやれ、この目で見つめられたら、五、六日前ならどうなっていたか。つくづく自分は駄目だなあ、と思いつつ、お美羽は反対側の隣座敷との間を仕切る襖に向かって、声をかけた。

「お松さん、あんなこと言ってますけど」

それを合図に、襖がさっと開けられた。隣の座敷には、お松と隆祐と喜十郎が座っていた。充治の顔が、見たこともないほど引きつった。

「へええ、粘っこいか。そいつは悪うござんしたね」

お松は鬼の形相で、充治を睨みつけた。

「い、いや、これは」

充治はお松とお美羽に代わる代わる顔を向け、何とか取り繕おうと口をぱくぱくさせた。だが言葉は出て来ない。当たり前だろう。お松は畳を平手で叩いた。

「別れるってんなら結構。それじゃあたしも、義理立てする必要はないね。一度は惚れた以上、あの晩見聞きしたことは墓場まで持って行くつもりだったけど、やめたよ」

お松は吐き捨てるように言うと、青木の方を向いた。

「八丁堀の旦那。ちょうど二十日前の晩です。この人、うちに泊まりに来て飲んでたんですけど、つい口が軽くなったのかあたしに大仕事を自慢したかったのか、さっきおっしゃってた北森下町のこと、ほとんど喋ったんですよ。まあそれまで、高津屋さんとの間の使い走りにあたしを使ったりしてましたからねえ。あたしも知りたくて水を向けたんですが」

お松は自分は仲間じゃない、と青木に示したかったようだ。

「あたしは、はいはいって聞いてましたけど。何だかすごく儲かる話みたいで、こっちまでいい気になっちまって」

お松は馬鹿にしたように充治を見て言った。その儲かる話が、つい今しがたすっかり消え去るのを聞いていたわけだから、尚更だ。

「ところが、裏手で物音がしたんですよ。誰か入り込んでたみたいで。それを聞きつけて、この人、すっかり慌てちまって。余計な話をしたのを全部聞かれたと思ったんでしょうね」

充治はすぐに飛び出し、その何者かを追って行った。お松は黙って待っていたが、半刻余り経ってから、真っ青になって帰って来た。どうしたのかと問うても、水を何杯も飲むばかりでひと言も喋らない。震えているのは、外の寒さのせいばかりではなさそうだ。お松はぞっとしたが、結局何があったか聞けなかった。翌朝になると充治も落ち着いたようだが、昨夜のことは口にするなときつく言って店に帰った。

「霊巌寺裏の殺しのことは、噂で聞きました。それで、もしかしてとは思ったんですが、やっぱり証しもないのに自分の男を売るようなことは、ねえ」

お松は、黙っててやったのに恩知らずめ、とばかりに充治をまた睨む。

「そっから先は、俺が話す」

隆祐が身を乗り出し、充治に言った。

「お松さんの家の庭に入り込んだのは、善太郎だ。あいつは丸伴屋が潰れたのは、あんたが土地を奪うため罠にかけたんじゃないかと勘繰り、江戸に舞い戻ってあんたを見張った。あの晩は、あんたを尾けてお松さんの家に行ったんだ」

実際には、充治が罠を仕掛けたのではなく、甚兵衛が商い下手だったからだが、善太郎はそうは思わなかった。そしてお松の家で充治が喋るのを聞き、北森下町に秘密の出合茶屋を作る企みのために充治が丸伴屋を陥れた、と信じたのだろう。

「善太郎は俺と相談するため、小名木川沿いの道を行った。あんたはそれを追いかけたが、川沿いは夜でも人通りがある。それで機会を窺い、人通りが途切れたところで善太郎を摑まえ、霊巌寺裏に引き込んだ。あそこなら、人に見つかることはない。そこであんたは、相手が何者かすぐわかったはずだ」

三日前の晩、その道筋で聞き込みをした隆祐と喜十郎は、歩いて行く善太郎とそれに追いすがろうとする充治に気付いていた近所の職人を、見つけ出していた。それをもとにお松を問い質し、ここへ引っ張り出したのである。

充治は善太郎に、聞いたことを他言しないよう頼むつもりだったのだろう。金を渡すと言ったかもしれない。しかし、店を潰したのが充治だと信じている善太郎が、聞く耳を持つはずがない。そこで争いになった。

「あんたとしちゃ、御定法に触れることはしてなかったかもしれないが、事が表沙汰になると厄介だ。世間は白い目で見るだろうし、お上からも睨まれる。あんたが不用意に口を滑らせたことで大金のかかった企みが潰れたら、常葉屋と高津屋はただじゃ済まさないだろう。下手をすりゃ、信用を失くした田村屋は潰れる。あんたは口を塞ぐしかないと思ったんだ」

ここで隆祐は拳を握り、歯を食いしばった。幼馴染の無念を、ひしひしと感じているのだ。

「俺を襲ったのも、あんたの差し金だよな。あんたは善太郎に尾けられたのを気付かなかったことを後悔して、敏感になってた。だから、高津屋たちとの会合に行く時、俺に尾けられたのに気付いて、こっそり常葉屋の手下を呼んだんだ。俺を痛めつけて、手を引かせるためにな」

隆祐はようやく消えかけた自分の傷を示して、言った。充治は目も合わせない。お美羽は隆祐が殴りかかるのでは、と案じたが、隆祐は一呼吸置いて先を続けた。

「その上に許せないのは、お美羽さんのことだ。あんた、お美羽さんをどうする気だった」

ここまで呆然としたように黙っていた充治は、やっと言い返した。

「どうする気って、ちゃんと嫁になってくれと言ったじゃないか」

「それは本気だったのかと聞いてるんだよ」

「何を言うんだ。本気に決まってるだろう」

どうかな、と隆祐は怒りの籠もった目を充治に近付ける。

「そりゃあお美羽さんはこれだけの別嬪だ。嫁にしたいと思ったっていい。だがあんたがお美羽さんに目を付けたのは、別の理由からだろう」

別の、と言われて充治は絶句した。隆祐は先を言おうとする。だがお美羽が、それを制した。

「待って。その先は私が言う。もうわかってるから」

隆祐は驚き、同時に心配するようにお美羽を見た。構わない。これ以上、他人に自分のことを言われたくない。お美羽は充治を見据えた。

「充治さん。あんた、入舟長屋の店子が騒ぎ出した時、私に抑えさせるつもりだったんでしょう」

充治は、ぎょっとしたようにお美羽を見た。やっぱりだ。お美羽の評判については、充治も承知していただろう。だからお美羽の言うことなら、長屋の連中は聞くはずと踏んだのだ。充治の嫁になれば、大家としてよりその立場で話をしなければならない。そのための、嫁入りというわけだ。

「そうだよお美羽さん。こいつはね、女を口説くのは熱心だけど、一度手に入れたら自分の言いなりにさせないと気が済まないんだ。抗ったら殴るし、飽きたら捨てる。嫁入りしたって、役目が済んだらすぐ、飼い殺しだよ」

お松がここぞとばかりに声を荒らげた。お松自身、そうした目に遭っても辛抱してきたのだろう。

「常葉屋の手下に絡まれた時、助けてくれたわよね。でも、どうしてあの時、連中がわざわざ絡んできたのかちょっと不思議だった。今から考えたら、あれも私を信用させるための仕込みの一つだったのよね」

お美羽が続けて言ったが、充治は返答しない。額に汗がじっとり浮いている。

「女房にしてしまえば、後で企みに気が付いても逆らえない、と思ったわけか」

隆祐が歯軋りするように言った。

「お前、本物のクソ野郎だな。最低の下司だ」

隆祐は一歩踏み込み、拳を持ち上げた。

「何だと」

充治の顔にも血が上った。充治が立ち上がる。まずい、とお美羽は思った。前に本人も言っていたが、材木運びで鍛えた腕っぷしは、太物屋の隆祐よりずっと強いだろう。殴り合ったら、隆祐の方が分が悪い。

気付いた喜十郎が、止めようと立ち上がった。が、二人の方が早かった。まず隆祐が右腕を振るった。だが拳が届く前に、充治が隆祐を突き飛ばした。隆祐が畳に尻餅をつく。そこへ充治は、さらに殴りかかろうとした。喜十郎が羽交い絞めにしようと両手を出したが、少し遅い。

お美羽が先に動いた。前に出ようとした充治の向こう脛に、渾身の回し蹴りを食らわせる。うわっ、と呻いた充治は、足を浮かせたまま襖に突っ込んだ。頭が襖を突き抜け、充治は襖ごと隆祐の脇に倒れ込んだ。

喜十郎が充治の襟首を摑んで、引っ張り上げた。充治は引っ掻き傷を幾つも付けた顔を、襖から抜き出した。お松がそれを見て笑う。

「ははっ、いいザマだね」

それからお美羽に笑いかけた。

「ちょっとだけ、すっとしたよ」

青木が立って歩み寄り、十手を抜いて充治の前にしゃがんだ。

「さてと。二十日前の晩、お松の家を飛び出してからの半刻余りの間、何をしてたか言えるかい」

充治は唇をわなわなと震わせたが、何も言わなかった。そりゃ言えねえわな、と青木はせせら笑い、充治の首筋に十手を当てて口調を改めた。

「深川木場、田村屋充治。丸伴屋善太郎殺しの疑いで召し捕る。神妙にお縄を受けろ」

充治の首が、がくっと垂れた。お松が満足したようにニヤリとする。喜十郎がすぐに後ろに回り、縄をかけた。お美羽はその充治を見下ろして、言った。

「よくもこの私を、さんざん虚仮にしてくれたわね」

充治は、びくっと肩を震わせた。

「私だけの話じゃない。女をみんな言いなりにできると思ってるなら、ふざけるのも大概になさい。大方の女は、あんたより出来がいいのよ。おまけに、女の欲を煽って金儲けのネタにしようとした。これも絶対許せないわ。しかもうちの大事な長屋を、騙し討ちにかけて潰そうなんて」

お美羽は両の拳を握って、唖然としている充治の前で仁王立ちになった。

「うちの長屋に手ぇ出す奴は、ただじゃおかないんだから」

ぷいっと背を向けたお美羽の後ろで、呆れたような喜十郎の声が聞こえた。

「やれやれ、障子割りに加えて今度は襖割りか」

わあ、それだけは言わないで。頭を抱えたお美羽を見た隆祐が、弾かれたように笑い出した。

十六

「いや、今度もまたお美羽さんに助けられましたな」

　欽兵衛とお美羽を前にして、宇吉郎が言った。

「本当に、ありがとうございました。おかげさまで、南紺屋町の店の方も、どうにか盛り返してまいりました」

　宇吉郎と並んだ宇多之助が、深々と頭を下げた。心なしか血色が良くなったようだ。

「艶の雫は、どうなりますか」

　欽兵衛が聞いた。艶の雫は、あれ以来売り出されていない。

「はい。実は、艶の雫の配合を少し変えて、より肌艶に良いものを作り直しております。桜には間に合いませんでしたが、菖蒲(しょうぶ)の頃に売りだそうかと」

「新しい化粧水ですか。それは楽しみです」

お美羽は顔を輝かせた。出たら是非、試してみなければ。

「それでその品の名前ですが」

宇多之助は宇吉郎と目を見交わした。何だろうと思ったが、宇吉郎が微笑んで頷くのを確かめてから宇多之助が言ったことに、仰天した。

「みわの彩（あや）、としようと思います」

「わっ、私の名前が入るんですか」

「この化粧水にとっての恩人でございますから」

いやーそれは、とお美羽は困って頬に手を当てる。だが欽兵衛は、能天気に喜んだ。

「それは嬉しいことです。娘が褒められ過ぎるようで面映ゆいですが」

「お父っつぁん、何言ってるの。恥ずかしいじゃない」

お美羽は欽兵衛の手を叩いた。なあに、と宇吉郎は言う。

「みわ、は平仮名にしておきますので、お買い求めの方は自分なりにみわの意味を当て嵌めるでしょう。それでいいのでは、と思っております」

お美羽さんを看板にするわけではありませんから、と宇吉郎は冗談めかした。

「でも作った総七郎は、お美羽さんの美しさと心意気にあやかりたい、と申しております。手前どもとしては、そう考えております」

「……ますます恥ずかしいです」

お美羽は俯いてしまった。いやこれは、と欽兵衛は頭を掻いてから言った。

「しかし、艶の雫に漆を入れた悪者が捕まって、本当に良うございました」

「はい、おかげで手前どもの誤りではないと世間に知れ、助かりました」

そうだ、とお美羽は顔を上げる。

「手を下したのは、真泉堂の雇人だったそうですね」

「はい。金のためにあんなことまでするとは」

宇多之助は、まだ憤懣が収まらないようだ。真泉堂は常葉屋から話を持ち掛けられ、ネタを独り占めする他に五十両を積まれて、漆を入れることを引き受けた。常葉屋は、御定法に触れることに自分の手下を直に使うのを、うまく避けていたのだ。だが、自分が大番屋にしょっ引かれると、あっさり吐いてしまった。

もし入れられたのが毒だったら死罪だが、漆は毒とは言えないので、青木によれば真泉堂は江戸所払いと闕所（けっしょ）で済みそうだという。軽いな、とお美羽は不満に思ったが、これで真泉堂の読売に煩わされることは二度とない。

「それで、二千両はどうなります」

それも何とか、と宇吉郎は笑みを見せた。

「押川様が勝手にやったことですからな。名分がないお金なので、今月の末までには返していただけることになりました」

ただし、押川が二百両ほど使ってしまっていたので、それは押川から返して貰え、ということだ。しかしお役御免になった押川から取り立てるのは難しそうなので、諦めざるを得ないだろう。理不尽な話だが、まあ仕方ありません、と宇吉郎は言った。

「でも千八百両は戻りますので、これを機会に入舟長屋の建替えを、と思っております。先日、甚平さんに見積もりをお願いしたところで」

「ああ、それを伺ってほっといたしました」

欽兵衛は喜色満面になった。

「長屋の連中もさぞ喜ぶことでしょう」

「その代わり、店賃はきちんと」

宇吉郎は笑いながら言った。半ば冗談のようだが、欽兵衛は「もちろんでございます」と胸を張った。集めるのは私なのに、とお美羽は苦笑する。

「ところで、高津屋さんの話はお聞きになりましたか」

宇吉郎が真顔に戻って言った。

「はい。お調べが入ったとは聞きましたが」

「さすがお美羽さんはお耳が早いですな」

これも実は、青木からそっと教えてもらったことだった。高津屋には抜け荷の疑いがかかり、目下詳しく取り調べの最中だ。やはり出合茶屋の件でお上に睨まれたのだろう。青木は思い付きだと言って阿片のことを口にしていたが、満更根も葉もない話ではなかったのかもしれない。

「それに田村屋さんも……」

つい言いかけて、宇多之助は慌てて口を閉じた。もちろん、お美羽に気を遣ってのことだ。お千佳とおたみもあれ以来、充治のみの字も口にしない。だがもうお美羽は、吹っ切れていた。見場の良さと上辺の気遣いに騙されてはいけない、という教訓がまた一つ、加わっただけだ。まあ本音を言えば、滅茶苦茶口惜しいが。

「はい。店を閉めたそうですね」

お美羽はあっさり言った。事実上の主人だった充治が獄門を免れない、となって、取引相手は早々に手を切ってしまった。奉公人は気の毒だが、これはかりは致し方ない。宇吉郎は短く「因果でございますな」とだけ言った。

「そうそう、丸伴屋さんの跡ですが、私が買い取ることにいたしました」

「ああ、それは良うございました」

田村屋が潰れたどさくさでまた変な奴の手に渡ったら、と危惧したのだが、やはり宇吉郎は早々に手を打ったようだ。

「あそこはどうお使いに」

欽兵衛が聞いた。さて、と宇吉郎は考える格好をする。

「丸伴屋さんの建物はまだそのままですので、貸し出そうかとも思ったのですが、何分炭屋でしたからだいぶ汚れて黒ずんでおりまして」

決して新しくもない建物ですし、借り手がなければ潰そうかと思います、と宇吉郎は言って、ちょっと思わせぶりに顎を撫でた。

「いっそ、あそこにも長屋を作ることを考えてもいいか、と」

「え、長屋ですか」

欽兵衛には意外だったようだ。塀を挟んで入舟長屋と隣り合っているのだから、そちらも長屋になると……。欽兵衛が巡らせている考えがお美羽にもわかり、思わず袖を引いた。だが宇吉郎にも見抜かれていたようだ。

「もしそうなりましたら、別々の長屋というのも何ですから、入舟長屋と一緒にして欽兵衛さんに見てもらうということも。ご無理でしょうか」

「いえいえ、とんでもない。誠心誠意、務めさせていただきます」

まだ決まってもいない話なのに、欽兵衛は弾むような声で返事をした。欲が見え見えだよ、とお美羽は嘆息しそうになった。


入舟長屋の面々は、自分たちをも巻き込む企みが知らない所で行われていたことに、驚くと共に憤った。

「何で教えてくれなかったんだい。水臭いじゃないか」

皆がまず発したのは、そういう言葉だった。

「ごめんなさいね。でも、騒動は避けたかったの」

長屋の連中の耳に入れば、当然大騒ぎになっただろうし、常葉屋の手下と揉めて下手をすると怪我人も出ただろう。お美羽としては騒ぎを収めねばならず、結果として充治の思惑通りに進んだかもしれない。

「俺たちはいつでも助太刀したのによぉ」

菊造が言った。途端に栄吉に頭をはたかれた。

「馬鹿野郎。お前みてぇなのがしゃしゃり出たら、足を引っ張るばっかりだろうが。山際さんだけで充分なんだよ」

そこまで言わなくたって、と菊造が口を尖らせる。

「それにしてもお美羽さんと山際さん、凄いねえ。こんなややこしい悪巧みを、すっかり暴いちゃうなんてさ」

お喜代とお糸が、すっかり感心した様子でお美羽たちを持ち上げた。山際が照れたように頭を掻く。

「いや、今度は私の腕の振るいどころはなかったからな。お美羽さんと青木さんの手柄だ」

素直に受け止めた連中が、へええとお美羽に巴御前(ともえごぜん)でも見るような目を向けた。

そんな話じゃないから、と慌てて手を振った。本当はもう一人立役者がいるのだが、また説明が面倒になるばかりなので、敢えてそれは持ち出さなかった。そう言えば、あいつしばらく顔を見せないな。

騒動が一段落して、江戸の町が春の陽気に包まれた頃、隆祐がやって来た。

「あら、しばらくじゃない。何やってたの」

何日かぶりに見た隆祐は、真新しい春物の羽織を着て、身なりを整えていた。こうして改めて見ると、充治には一歩譲るが、結構な男ぶりでちょっと見直してしまう。何でまだ独り身なんだろう。

「佐倉へ行ってたんだ」

「あ、そうだったの」

隆祐は甚兵衛の所へ、善太郎殺しの下手人が捕まったことを一連の詳細と共に伝えに行っていたのだ。私からも文を出しておくべきだった、とお美羽は自分の配慮の足りなさを叱った。

「そう言えば、まだちゃんとお礼も言ってなかったね。本当にお世話になりました、ありがとう」

きちんと膝を揃えて礼を述べると、隆祐は、いやいやとかぶりを振った。

「俺が善太郎のため……にやったことだ。礼なんかいいよ」

何故か隆祐は、善太郎のため、と言った後で一瞬間を空けた。

「とにかく、上がって。お茶淹れるから」

立とうとした時、隆祐が「いや」と止めた。

「ちょっと外へ出ないか」

「え？　いいけど」

昼餉には早いが、飯屋で奢ってくれるんだろうか。お美羽はそのまま立って草履をはき、隆祐について通りに出た。

隆祐に連れて行かれたのは飯屋ではなく、すぐ近所にある弥勒寺だった。御府内八十八か所霊場の一つである名刹で、境内は回向院と同じくらいの広さがある。だが回向院に比べると普段の参詣人はずっと少なかった。

一応お参りをしてから、裏手の方に回った。表側よりさらに人気が少ない。建て込んだ町中にあるのに、随分と静かだ。見上げれば一面の青空で、花の季節は盛りを過ぎたが、木々には新芽の色が目立ち始めている。

「何でまた、ここへ？」

辺りを見回して、聞いてみた。

「うん。周りを気にしないで話せる場所、と思ってさ」

隆祐は急にそわそわし始めた。

「さっき、善太郎のため、って俺は言ったが、それだけじゃない。あの一件に深入りしたのは、お美羽さんのためだったんだ」

え、と聞き返そうとすると、隆祐は目を逸らした。目の周りが赤くなっている。

さすがにお美羽は、あれっと思った。この話、もしかして……。

「お美羽さんには、何年も前に会ってるんだ。けど、まともに話す機会がなくって。それでもあんたのことは、ずっと忘れなかった」

「えっ、それは」

さすがにお美羽にも、次に来る話は予測できた。うわ、どうしよう。考えてなかったわ。でも、でも、隆祐は様子もいいし、人柄だって。たちまち頭が、ぽうっとしてきた。いや待て。今まで何度も、舞い上がっては足をすくわれてきたじゃない。落ち着け、落ち着け。

「あのう、私の噂とか聞いてるよね。大川へ男の人を放り込んだとか、障子割りとか、云々」

様子を窺いつつ持ち出してみると、隆祐が笑った。

「うん。この前のことで、襖割りも加わったよな。あちこちで、囁かれてるぜ」

くそぉ、喜十郎親分め、言い触らしたな。

「けど、ずっとお美羽さんを見てりゃわかる。お美羽さんが怒るのは、もっともな理由があって至極真っ当なことだ、ってね。もともとは、思いやりから出たことだろ。噂は尾鰭が付いただけで、本当は誰よりも優しいんだよ」

「えっ、そんな」

そこまで言ってもらえたのは、父親の欽兵衛も含めて初めてだ。涙が出そうになった。これは本当に……。

「まあ、大川の一件はちょっと違うかもだけど」

え？　思わず隆祐の顔を見ると、隆祐が笑って自分を指した。

「覚えてないか？　いや、無理かな。だいぶ前の、川開きの時だ」

　一瞬、ぽかんとした。が、次の瞬間、唐突に記憶が甦り、お美羽はひっくり返りそうになった。そうだったのか。隆祐をどこかで見た覚えがあると思ったのは……。

「ま、まさか」

「そうだよ、大川へ放り込まれたのは、俺だよ」

　うわあああ！　お美羽はその場から逃げ出したくなった。今度こそいい話か、と思ったのに、何ということでしょう！

「いやいや、そんなに慌てなくてもいいよ」

　二の句が継げなくなっているお美羽に、隆祐が笑いかけた。

「でっ、でも、私……」

「わかってる。わざとじゃなかった。あの時、俺は遠目にあんたを見て、目が離せなくなった。一目惚れって奴かな」

　隆祐は照れ臭そうに頭を掻いた。

「で、ついつい後を追ったんだ。そしたら、あんたが髪飾りを落とすのが見えた。急いでそれを拾い上げ、あんたに追いすがって渡そうとしたんだ。これであんたと話ができると思って喜んで、袖を引く手に力が入っちまった」

そうだった。お美羽もはっきり思い出した。何やら後ろから声をかけられたが、周りが騒々しくて聞こえず、性質の良くないのがちょっかいをかけてきた、と思ったのだ。強く袖を摑まれた気がして、思い切り振り払った。だが、場所が悪かった。ちょうど川べりに来ていたのだ。

「俺は勢い余って、自分から川に突っ込んじまった。あれじゃあ、振り返った連中はあんたが俺を放り込んだとしか見えなかったろうな」

一緒にいた友達でさえ、お美羽が必死に弁解するまでそう思っていたのだ。噂が勝手に走り出すのも、むべなるかな。

「あー、あの時はごめんなさい」

思わず謝ったが、自分でも大概、間抜けに思えた。

「その後、あんたが誰なのか捜し回ったんだが、お美羽さんだとわかるまでに一年もかかっちまった」

「え、一年も捜してたの。文句を言うために？」

そんなに怒ってたのかとさすがに驚いたが、隆祐は「違う違う」と大きく手を振った。それからおもむろに懐に手を入れ、大事そうに何かを取り出した。

「ほら、これ」

差し出されたものを見て、何だろうと当惑した。が、すぐに気付いた。あの時なくした髪飾りだ。

「お美羽さんが落としたのを拾って、持ったまま大川に落っこちた。岸に上がった時も、放さずに持ってたのに気付いて、返さなくちゃと思ったがその機会がなくてね」

あの日、小間物の出店で買ってすぐ髪に着けたのだ。だが着け方が緩かったらしく、落ちてしまった。そのまま諦めていたが、まさかそれを隆祐が拾ってくれたとは。

「ずっと持っててくれたの」

「ああ、何て言うか……持ってれば、いつかまた会えるんじゃないかと思って」

そうしたら叶ったよ、信じてみるもんだな、と隆祐は顔を赤らめて言った。

「お美羽さんの名前も住まいもわかったのは、善太郎との縁談が持ち上がった時なんだ。善太郎から聞いて、どんな人かとちょっと見に行ったんだが、川開きの晩のあの人、とわかって、そりゃあ驚いたよ」

正直、善太郎が羨ましかったと、隆祐は思い出すように目を細めた。

「けど、幼馴染の縁談に水を差すわけにもいかない。諦めかけていたら、いつの間にか縁談がなくなってた。丸伴屋の側から断ったと聞いて、善太郎に何故だと尋ねたら、あんたの噂が大きくなって、女武蔵（おんなむさし）みたいに言われてると知った。俺のせいもある、と思うと何だか申し訳なくってさ。この髪飾りも会いに行って返しゃ良かったんだが、どう言って会えばいいか、考え込んじまって。気味悪いと思われたら困るし、悩んでたら月日が過ぎちまった」

その間に自分の縁談もあったが、お美羽のことが忘れられないせいか何となく気乗りせず、ずるずると引っ張って父親を怒らせた、という。

「こう言っちゃ悪いが、善太郎の縁談が消えたと聞いた時、ほっとしたよ」

隆祐はまた、赤くなった。ああ、その時に私に話をしてくれてたらなあ。

「ところが、善太郎が殺されたと聞いて調べに来たら、あんたも巻き込まれてるのに気が付いた。その時に俺は、これこそ縁だ、善太郎のためだけじゃない、あんたを何としても助けなきゃ。そう思ったんだよ」

ああ、ようやく全て腑に落ちた。幾ら幼馴染の仇討ちと言っても、ああまで隆祐が熱心になる理由がもう一つ得心できなかったのだ。私のためだったとは。

「言ってくれれば良かったのに」

つい、口に出した。隆祐は困った顔になる。

「でも、あんたは充治にご執心だったろ。とても言い出せないよ」

そうだった、と今度はお美羽が恥ずかしくなった。まったく、私ときたら。

「だから余計に、あの野郎のことが許せなかったんだ」

充治と対峙した時、隆祐が充治を下司野郎と罵った時の様子が、頭に浮かんだ。確かにあの刹那、隆祐は心底からの怒りを見せていた。あれも、私のためだったのか。

「何も気付かなくて、ごめんなさい」

今日、二度目の詫び言葉。本当に、下手人を割り出したり悪事を見破ったりすることには人一倍目が利くのに、こっちの方にはどうして疎いんだろう。

謝らないでくれ、と隆祐は言って、急に背筋を伸ばした。

「これでやっと、はっきり言える」

え、とお美羽が見返すと、隆祐は半歩進んでお美羽を真っ直ぐに見つめた。

「お美羽さん、俺と一緒になってくれないか」

お美羽は絶句した。ずっと誰かからこういう言葉を、と思っていたのに、本当にその場が到来すると、言葉が出て来ない。思わず手にした髪飾りを握りしめた。そして、はっとする。髪飾りには、隆祐の懐の温もりがまだ残っているように感じられた。

お美羽は、ゆっくり息を吸い込んだ。それから隆祐を見やり、ぺこりと頭を下げた。

「末永く、よろしくお願いします」

隆祐の顔一面に、明るい笑みが広がった。ほんのしばし、静寂が辺りを包む。本堂の屋根のずっと上から、祝い唄のような雲雀（ひばり）のさえずりが聞こえた。

皐月の良き日、葛飾堀切（かつしかほりきり）の菖蒲が盛りを迎える頃、入舟長屋のお美羽の家で、隆祐とお美羽の祝言が行われた。襖を取り払って一続きにした座敷には、馴染みの面々が祝い膳を前にずらりと並んだ。床の間を背にして、白無垢のお美羽と裃姿（かみしもすがた）の隆祐が、神妙に並んでいる。

「いやあ、本当に良かった。これで私も、いつ死んでも大丈夫だ」

三々九度が滞りなく済み、青木が「高砂（たかさご）」を吟じ終えると、感極まった欽兵衛が顔をくしゃくしゃにして言った。

「ちょっとお父っつぁん、縁起でもない」

お美羽の妹で本所の味噌屋に嫁いでいるお美代（みよ）とその亭主が、慌てて止めた。欽兵衛も気付いて咳払いする。

「あっ、いやなに、ようやく本当に安心できる、と言ったんだよ」

「いやいや、欽兵衛さんにはますますお元気でいてもらいませんとね」

寿々屋宇吉郎が言った。丸伴屋の跡地はやはり長屋にすることになり、今は普請中だ。完成したら続いて入舟長屋の建替えに入るため、その間店子は一旦そちらに移ることになっていた。全部出来上がれば、前に宇吉郎が言った通り、欽兵衛が両方の大家を兼ねる。

「お美羽さんが嫁に行った後は大変だろうと思っていましたが、こんないい婿を取れるとは、欽兵衛さんは本当に運がいい」

町名主の幸右衛門(こうえもん)が、いかにもめでたいと繰り返す。隆祐は三男なので、婿入りについては杤木屋としても異存はなかった。寧ろ、寿々屋の後ろ盾があることを喜んだくらいだ。

「隆祐は商いの腕はまだまだですから、大家の仕事もよく仕込んでやってください」

杤木屋隆右衛門が、欽兵衛に酒を注ぎながら言った。半分泣きながら酔っている欽兵衛は、もちろんです、頼りにしていますと繰り返している。仕事を仕込むのはお美羽さんの役目じゃねえのか、と喜十郎がこっそり呟いたが、隆右衛門は賢明にも、聞かぬ素振りだ。

末席近くにいるお千佳とおたみは、二人で顔を寄せ合って何やら話している。

「やっぱりこうして見ると、田村屋のあの若旦那より隆祐さんの方がいいんじゃない？」

「だよねえ。ああもう、お美羽さんばっかりいい男と縁ができるんだから。今度はとうとう、最後まで行っちゃうし」

でも、でもよ、とお千佳は言う。

「私の縁談も、進みそうなの」

え、とおたみが目を見開く。

「お相手は、どこの人？」

「神田の貸本屋さんの若旦那。何だか、回向院で私を見て、気に入ってくれちゃって」

赤くなるお千佳を見て、おたみはふふっと思わせぶりに笑った。

「実は私の縁談も、うまく行きそうなの」

今度はお千佳が目を丸くした。

「そっちは、どういう人」

「須田町(すだちょう)の紙問屋さん。二枚目とは言えないけど、真面目で照れ屋な人だって」

「へええ、続くときは続くものねえ」

お千佳とおたみは、笑って肩を叩き合った。その様子に目を留め、若いというのはいいな、などと呟いていた山際が、思い出したように媒酌人の役を務める宇多之助に聞いた。

「みわの彩の売れ行きは、如何かな」

はい、と喜色も露わに宇多之助が頷く。

「おかげさまで、上々です。売り出して十日ですが、二十日分を売り切ってしまいました。これもお美羽さんの功徳かもしれませんなあ」

それは重畳、と山際は言った。長屋の連中はさすがに座敷に入りきらないので、山際と千江が代表して座り、後は庭先や井戸端に集まって、振舞い酒を楽しんでいた。菊造と万太郎は、やはりと言うべきか、もうすっかり出来上がっている。

お美羽は俯き加減のまま、皆の交わす言葉を聞いていた。なかなか縁談が決まらないことで、ずいぶんあちこちに心配かけたんだなと改めて思い、恐縮する。だが俯くのはしおらしくしているからではなく、頭の角隠しと幾つも差した簪が重いからだ。実際、少々肩が凝ってきた。

花嫁というのも、くたびれるなあと思って、ちらりと隆祐を見やる。目線に気付いたか、隆祐がこちらを向いて微笑んだ。ちょっと優柔不断かもしれないが、真っ直ぐで裏表のない人だ。これからこの人と、一生歩むんだな、と思うと、自然とお美羽も微笑みが浮かんだ。

ふと、欽兵衛の話が耳に入った。

「いやあ、これでやっとお美羽も落ち着いてくれるかと思うと、本当にほっとしますよ。もう金輪際、長屋の連中の難儀に首を突っ込んで、危ない目に遭ったりすることもないでしょう。それが何より……」

「お父っつぁん、何言ってるの」

えっ、と欽兵衛がびっくりしたような顔を向ける。花嫁の席から声が飛ぶとは、思ってもみなかったのだろう。

「だってお前、もう嫁になるんだから……」

「それと長屋の難儀とは別でしょう。だって、祝言を挙げても私はこの長屋にいるのよ」

「そりゃそうだが、だからってもうそんな荒っぽいことは……」

「じゃあ、お父っつぁんが代わりに難事を片付けてくれるわけ？」

欽兵衛は目を白黒させた。代わって青木が言う。

「なあお美羽、この先もこれまでみてぇに捕物に首を突っ込む気なのか」

「ご用命とあらば」

青木はお美羽を便利遣いしてきたのを皮肉られたのに気付き、苦虫を嚙み潰すようにして隆祐に聞いた。

「お前、亭主としてそれで構わねえのか」

「人助けになるんなら、いいですよ」

隆祐は平気な風で軽く言ってから、笑って見せた。

「だいたい、止めたって聞きゃしないでしょう」

何てこった、と青木が額を叩き、宇吉郎と山際が笑った。

「いや、良きかな、良きかな。それでこそ、でしょう」

まるで煽るような宇吉郎の言葉に、宇多之助が「大丈夫なんですか、そんな風に言って」と眉根を寄せた。

「台所に閉じ込めるのはあまりに勿体ないお人ですからな。隆祐さんさえ良ければ、私らが何も言うことはない」

「ありがとうございます、大旦那様」

お美羽は宇吉郎に礼を言うと、およそ花嫁らしくないことをした。三々九度で使った酒杯を、片手で持って掲げたのだ。

「これまでだってこれからだって、うちの店子に手ぇ出す奴は、ただじゃおかないんだから！」

高らかに宣言すると、座敷の客たちがのけ反った。欽兵衛は卒倒しそうになり、慌ててお美代と亭主が支えた。隆祐は笑って一緒に酒杯を上げたが、その笑いはどちらかと言うと苦笑だった。

「いいぞ、よく言った！」

「それでこそお美羽さんだ！」

庭先にいた長屋の連中は、やんやと手を叩いた。口々に歓声が上がる。歓声はやがて一つになり、いつしか祝い唄に変わって五月晴れの空へと昇っていった。

この作品は書き下ろしです。

江戸美人捕物帳

入舟長屋のおみわ　長屋の危機

山本巧次

令和5年12月10日　初版発行

発行人――石原正康
編集人――高部真人
発行所――株式会社幻冬舎
〒151-0051東京都渋谷区千駄ヶ谷4-9-7
電話　03(5411)6222(営業)
　　　03(5411)6211(編集)
公式HP　https://www.gentosha.co.jp/
印刷・製本―中央精版印刷株式会社
装丁者――高橋雅之

定価はカバーに表示してあります。

幻冬舎時代小説文庫

ISBN978-4-344-43346-5　C0193　や-42-9

この本に関するご意見・ご感想は、下記アンケートフォームからお寄せください。
https://www.gentosha.co.jp/e/